elefanti bestseller

Dello stesso autore in edizione Garzanti:
Una finestra vistalago
La signorina Tecla Manzi
La figlia del podestà
Il procuratore
Olive comprese
Il segreto di Ortelia
La modista
Dopo lunga e penosa malattia
Almeno il cappello
Pianoforte vendesi
La mamma del sole
Il meccanico Landru
La leggenda del morto contento
Zia Antonia sapeva di menta
Galeotto fu il collier
Regalo di nozze
Un bel sogno d'amore
Di Ilde ce n'è una sola
Quattro sberle benedette
Biglietto, signorina
La ruga del cretino (con Massimo Picozzi)
Le belle Cece
La verità della suora storta
Le mele di Kafka
Viva più che mai
A cantare fu il cane
Furto di luna (solo ebook)
Parola di cadavere (solo ebook)
Il rumore del Natale (solo ebook)
Seguendo la stella (solo ebook)
Addio bocce (solo ebook)
Il sapore del Natale (solo ebook)

Andrea Vitali

Un amore di zitella

Garzanti

Prima edizione: ottobre 2004
Prima ristampa: novembre 2004
Seconda ristampa: ottobre 2006
Terza ristampa: febbraio 2007
Quarta ristampa: maggio 2007
Quinta ristampa: ottobre 2007
Sesta ristampa: ottobre 2008
Settima ristampa: luglio 2009
Ottava ristampa: aprile 2010
Prima edizione negli Elefanti Bestseller: febbraio 2013
Prima ristampa: maggio 2013
Seconda ristampa: febbraio 2014
Terza ristampa: marzo 2015
Nuova edizione: ottobre 2015
Nuova edizione: maggio 2017

Pubblicato in accordo con Factotum Agency, Milano

ISBN 978-88-11-67324-8

Printed in Italy

www.garzanti.it

UN AMORE DI ZITELLA

«Svanì per sempre il sogno mio d'amore...»
Giacomo Puccini, *Tosca*

«Dimmi quando tu verrai,
dimmi quando, quando, quando...»
Tony Renis, *Quando, quando, quando*

I personaggi e le situazioni raccontate in questo romanzo sono frutto di fantasia. I luoghi, invece, sono reali.

1.

Iole Vergara era appiccicata da quasi un'ora al vetro della finestra della sua casa al secondo piano di un condominio con vistalago lungo la statale 36. Guardava il paesaggio affascinata e sbalordita, senza nessun pensiero particolare, immersa nel buio del tinello mentre dalla cucina veniva l'indistinto gracchiare di una radiolina.

Il gennaio del 1962 era cominciato all'insegna del gelo. L'intero lago di Como per qualche giorno era sembrato appartenere a un pianeta di ghiaccio, ibernati persino i rumori e le scarse parole che la gente si era scambiata per strada. Poi era arrivato il phön e aveva squassato quell'irreale immobilità: aveva soffiato tre giorni, continuo e violento. Infine, la sera del terzo, si era acquietato. Dalla superficie del lago era scomparsa la cresta spumosa dell'acqua sollevata dal vento. Ne aveva preso il posto un'onda continua, lunga e morbida, che si frangeva sulla riva con poco rumore. La monotonia inerte dell'inverno era ritornata. Tutti, uomini e cose, potevano tirare un respiro di sollievo.

Iole viveva sola – suo padre era morto nel 1953, sua madre nel 1959 – aveva trentasette anni, dal 1948 lavorava presso il comune di Bellano: assunta allora come dattilografa, svolgeva ancora quell'incarico.

S'era messa alla finestra dopo aver cenato con un caffelatte, com'era sua abitudine d'inverno. Dopo aver lungamente guardato il lago passò a scrutare il cielo. Cercava un aereo notturno, di quelli che, provenienti da Milano e diretti verso la Svizzera o la Germania, traversano il

Lario in diagonale. Ne vide uno mentre giungevano alle sue orecchie, limpide come il resto del paesaggio, le note della dirlindana, un ritornello scandito dalle campane della prepositurale, residuo della dominazione austriaca che l'aveva instaurato come segnale di coprifuoco.

Per Iole la dirlindana era tuttora segnale di coprifuoco. Chiuse le persiane, spense la radio e si ritirò a dormire.

2.

La mattina seguente era il 17 gennaio. Il termometro segnava quattro gradi sotto lo zero. In piazza Tommaso Grossi non c'era nessuno, ad eccezione dello spazzino comunale Oreste che fischiava con forza il Carnevale di Venezia, scopettando ai piedi del monumento al poeta rami secchi e qualche cartaccia.

La superficie del lago era immobile, emanava una pacata allegria. Sul molo una lunga fila di gabbiani s'era acquartierata sulla murata. Le bandiere, maltrattate dal vento dei giorni precedenti, pendevano flosce e sfilacciate dai pali.

Iole aveva camminato a passo di corsa, aveva la punta del naso e le gote rosse. Non appena sbucata in piazza salutò Oreste con un cenno dalla mano. Lo spazzino, secondo sua abitudine, le gridò che quel giorno era santa Viscarda; aveva un martirologio tutto suo: santa Viscarda, santa Bernarda, santa Bibbiana erano le tre protettrici della sua vita senza donne.

All'altezza del bar Centrale, di fronte al molo e poco prima del portone del municipio, un uomo si fece incontro all'impiegata: era Domenico Osio, pensionato delle ferrovie, factotum di tutte le associazioni bellanesi, dalla pro-loco, per la quale, in estate, teneva aperto l'ufficetto d'informazioni in piazza, all'associazione Mutilati e Invalidi di Guerra, per conto della quale consegnava a mano gli avvisi di riunione garantendo il risparmio delle spese postali.

Dal suo appostamento all'interno del bar l'Osio aveva

visto arrivare l'impiegata e le aveva sbarrato il passo. «Vuole qualche biglietto della lotteria signorina?» le chiese allegramente.

«Che lotteria?» s'informò Iole.

«Della Croce Rossa», spiegò il pensionato, «estrazione il martedì grasso.»

«Me ne dia uno.»

«Uno solo?»

«Uno», confermò Iole. «Quant'è?»

L'Osio le disse il prezzo.

Iole frugò nella borsetta, ne trasse un grosso portafoglio in finta pelle di coccodrillo che si aprì immediatamente in due scomparti.

«'Sta cerniera», sbuffò la donna pagando e riprendendo la marcia verso l'ufficio.

Un quarto d'ora più tardi il custode del molo, Leandro Gianola, raccolse da terra, sulla soglia del bar, una carta d'identità. L'aprì: era di Iole Vergara, nata a Bellano il 17 gennaio 1924, nubile, impiegata, uno e sessantacinque, capelli neri, occhi marroni, residente a Bellano. Il Gianola notò la coincidenza delle date e rise di gusto guardando la fotografia della Vergara. Il fotografo l'aveva messa in bella posa, con gli occhi che guardavano verso l'alto, preoccupati, come se la voluminosa permanente fosse sul punto di crollare; le labbra gliele aveva fatte stringere a culo di gallina. Messo in tasca il documento si avviò alla volta del municipio. Entrò negli uffici, salutò, si rivolse a Iole.

«Le ho riportato la sua carta d'identità», disse. «L'ho trovata per terra, davanti al bar Centrale.»

Iole arrossì.

«Devo averla persa prima, quando ho preso il biglietto della lotteria.»

«Buon compleanno», aggiunse il Gianola.

«Eh già, eh già», sbottò dal fondo dell'ufficio il segretario Domenico Restelli. «Signorina Iole auguri! Ma come ho fatto a dimenticarmi, stamattina stessa mia moglie me l'ha ricordato!»

Iole aveva il viso di brace.

«Fai finta di niente per non pagare la festa?» chiese l'altra impiegata Iride Rusconi.

Il messo comunale Adelio Troilo guardava tutta quell'improvvisa allegria con una faccia da babbeo.

«Ma no», si schernì Iole. «Anzi», disse rivolgendosi al segretario, «se me lo permette offrirò l'aperitivo a tutti.»

«Anche a me, eh?» disse il Gianola.

Iole accennò di sì, sorrise, era confusa: se non fosse stato per la carta d'identità nessuno si sarebbe accorto di niente. Da quando era morta sua madre s'era abituata agli onomastici e ai compleanni in solitudine. Si faceva da sé auguri e regali, come il televisore che aveva deciso di acquistare quell'anno.

3.

Il radiotecnico Osvaldo Pereni godeva fama di lazzarone nell'opinione pubblica dei bellanesi, lo sapeva e se ne fregava. Per gran parte della giornata si esibiva a braccia conserte sulla soglia del suo negozio, tanto che in molti si chiedevano come facesse a campare.

Iole non diede credito alle voci che circolavano sull'indolenza del Pereni: cadde nella trappola perché l'apatia del commerciante aveva contagiato anche i prezzi delle merci che vendeva e il televisore Marelli che l'impiegata aveva deciso di acquistare era esposto a una cifra inferiore rispetto all'altro negozio di elettrodomestici.

Iole ordinò l'apparecchio la sera stessa del suo compleanno, pagando un anticipo e pregando il tecnico di consegnarglielo il più presto possibile.

La consegna del televisore venne effettuata il 31 gennaio, alle sette di sera. Il Pereni si presentò in casa di Iole affannato, circonfuso da un sentore di tabacco e vino. Borbottò scuse circa una riparazione urgente che l'attendeva e giustificò così il fatto che, per quella sera, poteva fare solo un impianto d'antenna provvisorio.

«Tempo qualche giorno e le metterò su un impianto come si deve», disse.

Iole abbozzò senza capire bene: si limitò a chiedere al Pereni quale fosse la funzione della biglia color verde che riluceva nella mascherina del televisore.

«Non serve a niente», spiegò il Pereni facendo saltare l'occhio magico con un affondo di cacciavite.

L'antenna provvisoria tenne un paio di sere, poi la ricezione divenne difettosa: l'immagine traballava, si deformava e di tanto in tanto il quadro si oscurava completamente. Iole pazientò qualche giorno. Ma, approssimandosi il festival di Sanremo, cominciò a diventare nervosa. Così, la vigilia della prima serata del festival si spinse nella bottega del Pereni e gli ricordò l'impegno.

«Stia tranquilla, domani o dopo arrivo», la rassicurò il tecnico.

Iole, tranquillizzata, seguì alla radio, le sere dell'8 e del 9 febbraio, le fasi eliminatorie del festival. La mattina del 10 febbraio, giorno della serata finale di Sanremo con trasmissione televisiva in diretta, la speranza che il Pereni si ricordasse dell'impegno non l'aveva ancora abbandonata. Ma l'ignavia del tecnico prevalse e Iole fu costretta a seguire lo spettacolo come se fosse una concorrente del «Musichiere»: quando l'immagine cominciava a ballare o a deformarsi, bisognava dare un cazzotto di lato all'apparecchio per restituirla alla primitiva compostezza. L'intervento garantiva pochi minuti di visione decente, poi andava ripetuto. Più o meno a ogni avvio di canzone Iole scattava dalla poltroncina e scazzottava l'apparecchio televisivo.

Nonostante tutto l'impiegata riuscì a godersi la serata. Si turbò per il fascino di Tony Renis, alla cui canzone, «Quando, quando, quando», pronosticò la vittoria finale.

Era talmente sicura della vittoria del bel Tony che non volle credere alle sue orecchie quando, il 18 febbraio, la giuria dei votanti proclamò la vittoria di Domenico Modugno e Claudio Villa con la canzone «Addio addio». Intanto il Pereni continuava a latitare e il televisore, forse orfano di qualche valvola, era in agonia, ridotto alla sola voce.

Sinché, ai primi di marzo, il radiotecnico si fece vivo: in municipio, però, perché aveva bisogno di certificati. Si trovò faccia a faccia con Iole e, probabilmente, si ricordò solo allora del suo impegno.

«Uno di questi giorni arrivo», disse prima ancora che Iole potesse aprir bocca.

«Mi dica quando», pretese di sapere l'impiegata.

«Non passerà Carnevale», garantì il Pereni.

4.

Nell'inverno del 1962 il gelo non conobbe cali. Solo verso i primi di marzo allentò la sua morsa. Le stalattiti di ghiaccio che s'erano formate sulle rocce lungo la strada statale cominciarono a sciogliersi. Qualche profumo cominciò a insaporire l'aria, tranne che nei pressi di piazza Grossi, dove l'odore di fogna, scomparso col gelo, si ripresentò, forte come non mai. Questi segnali, odor di fogna compreso, fecero credere che l'inverno fosse definitivamente finito e, complice l'arrivo del Carnevale, il paese riacquistò una certa vitalità.

La mattina di martedì grasso, con una certa baldanza e senza preavvisare, Osvaldo Pereni si presentò, attorno alle sette e trenta, nel tinello di Iole: il locale era il più piccolo della casa, arredato come una miniatura con due piccole poltroncine, un basso tavolino ricoperto da una tovaglia di pizzo, una vetrinetta contenente i servizi buoni, qualche quadretto di paesaggi alle pareti. Il televisore, severo come un ospite di riguardo, occupava un angolo della stanza, appoggiato su un mobile bar che Iole aveva recuperato dalla soffitta.

«Bene», disse il Pereni, «vediamo un po'.» E cominciò a guardarsi in giro con aria professorale, socchiudendo gli occhi come se cercasse di distinguere nell'aria della stanza le onde radiotelevisive.

L'ispezione durò qualche minuto, dopodiché il tecnico diagnosticò che la zona dove Iole abitava era malservita dai segnali televisivi.

«Farò l'impianto sul terrazzino», decise infine, aggiungendo che si trattava di un impianto ancora provvisorio.

«Ma come?» inorridì Iole.

Il Pereni sorrise, sufficiente.

«Ci vorrebbe l'antenna centrale!»

Iole accennò di sì e si dispose a seguire i lavori dell'uomo.

«È strano», osservò a un certo punto, «ero convinta che questa fosse una delle zone migliori per ricevere la televisione. Là c'è il ripetitore», e indicò il bianco cartellone che mandava bagliori dalla brulla cima del monte Bregagno, sulla sponda opposta del lago, «e in mezzo non c'è niente che possa dare fastidio.»

Il Pereni pungolato dall'osservazione, puntò il cacciavite in direzione dell'impiegata.

«Ah no?» chiese superiore.

«C'è il lago...»

«Appunto!» fece il Pereni e con il cacciavite indicò il ripetitore.

«Le onde della televisione vengono da lì ma siccome non riescono ad arrivare direttamente si riflettono sulla superficie del lago. Se il lago è alto arrivano in un modo, se è basso in un altro: ci vorrebbe un ripetitore più potente o che il lago fosse sempre alla stessa altezza!»

Iole disse che aveva capito.

«Quindi», interloquì, «quando vedo male la tivù cosa faccio? Provo a spostare un po' in su e in giù l'antenna?»

«Provi», mormorò il Pereni riprendendo il lavoro. Finito l'impianto, e dopo aver rimirato l'antenna come se fosse un monumento, il tecnico accettò di accomodarsi un minuto e di bere un bicchierino di Ferro China Bisleri.

Sedettero entrambi davanti al televisore acceso: Iole aveva gli occhi incollati al monoscopio della Rai finalmente limpido e fermo.

«Va allo spettacolo questa sera?» le chiese il Pereni.

Si riferiva alla serata musicale in programma per la sera di martedì grasso presso il cinema-teatro Casa del Popolo: suonava un'orchestrina di bellanesi, I Remigini, e ci sarebbe stata l'estrazione dei premi della lotteria della Croce Rossa. Iole si riscosse: per l'arrivo del tecnico s'era completamente dimenticata dell'ufficio: era già in ritardo.

«No!» rispose frettolosamente. «Aspettiamo un'ispezione questa settimana, il segretario vuole che siamo tutti presenti un quarto d'ora prima dell'orario. Non posso permettermi di fare tardi.»

Il Pereni era già in piedi mentre Iole finiva di parlare. Aveva il conto dell'impianto già pronto in tasca e, dopo aver riscosso, se ne andò fischiettando, senza aver concesso sconti e senza chiudere la porta di casa.

5.

Aristide Giambelli, segretario comunale di Mandello, aveva amici presso la prefettura di Como: saputo dell'ispezione aveva immediatamente avvisato il collega e amico bellanese Domenico Restelli.

Era, il Restelli, un uomo di cinquantasei anni, dotato di un fisico solido ma ormai pesante. Dimostrava qualche anno in più di quelli che aveva: colpa dei capelli grigi e rari e della pancia cresciuta al riparo della scrivania d'ufficio e della buona tavola.

Era a Bellano dal 1956 e, benché fosse il massimo dirigente dell'ufficio, non disponeva di un proprio studio. Il palazzo del municipio ospitava infatti l'ufficio postale al piano terra, e al secondo la pretura circondariale. Al primo piano erano alloggiati, a misurarsi i centimetri uno con l'altro, tutti i servizi comunali: ufficio anagrafe, stato civile, vigilanza urbana, segreteria, sala del consiglio, studio del sindaco, ufficio ECA, archivio: un sovraffollamento che aveva sempre impedito all'amministrazione di dotare i segretari di un ufficio privato.

Tutti i segretari precedenti a Restelli se n'erano lamentati con la giunta. Anche il ragionier Domenico non aveva fatto eccezione: a differenza degli altri, però, s'era arreso a quella situazione e non aveva cercato un trasferimento in altra sede. Tuttavia, all'inizio del 1958, quando era a Bellano da un paio d'anni, aveva preteso una scrivania nuova e una collocazione diversa rispetto alla precedente: non più di fronte alla porta d'ingresso del pubblico ma sul fondo dell'ufficio, in modo da poter controllare contemporaneamente il lavoro dei dipendenti e il flusso della gente.

Quando il segretario Giambelli gli aveva telefonato per avvisarlo dell'ispezione, Restelli gli aveva subito chiesto chi avrebbero mandato.

«Uno nuovo», aveva risposto il collega, «sardo, si chiama Soddu.»

«E com'è?»

«Dicono che sia testardo, una mezza carogna», aveva spiegato Giambelli. «Poi, quando l'hai assaggiato, fammi sapere. Anche il mio comune è nel mirino.»

«Più o meno quando arriverà?» aveva chiesto infine Restelli.

«Penso giovedì, venerdì al massimo», aveva pronosticato Giambelli.

Ma il vice-prefetto ispettore dottor Pietro Paolo Soddu, dirigente dell'ufficio elettorale, non arrivò né giovedì né venerdì: la mattina di mercoledì era impalato fuori del portone del municipio in attesa del segretario che, vedendolo da lontano, si fermò al riparo di un ippocastano di piazza Grossi e se lo studiò qualche istante: il Soddu era piccolo, tarchiato, se ne stava immobile come se fosse di sentinella, infagottato in un impermeabile beige stretto in vita da una cintura troppo tirata.

«Ha ragione Giambelli», pensò il segretario Restelli. «L'aspetto è di uno cocciuto.»

Facendo buon viso a cattiva sorte il segretario gli si fece incontro sorridente e si presentò. Restò impressionato dal viso dell'ispettore che era scuro per via di una barba fitta e nera che gli cresceva fin sotto gli occhi.

«Beviamo un caffè?» propose.

«No grazie», fu la risposta.

«Cominciamo bene», rifletté il segretario.

«È la sua prima ispezione elettorale?» chiese poi.

«Sì», confermò telegraficamente l'ispettore.

«E... le piace il paese?»

Restelli sperava che il nitido paesaggio riuscisse a strappare un mezzo sorriso al sardo. Soddu invece non rispose: si limitò a sollevare le spalle.

«Bene», disse allora Restelli battendo le mani, «se proprio non vuole bere un bel caffè saliamo negli uffici. Che ne dice?»

«Andiamo», approvò l'ispettore.

Gli impiegati erano già al lavoro. L'ispettore Soddu li accomunò in un unico saluto. Poi, preceduto dal segretario, si accomodò alla scrivania senza togliersi l'impermeabile. Restelli prese una sedia e gli si mise a lato.

«Vediamo le liste elettorali», disse l'ispettore.

Nell'ufficio si stese un silenzio tombale. L'ispettore si era immerso nei fascicoli e pareva ruminare i dati. Quindi, dopo una quarto d'ora, dei tre fascicoli che gli erano stati dati come campione, ne sventolò uno per aria: aveva rilevato il mancato aggiornamento dell'indirizzo di un elettore.

«Voi avete le elezioni amministrative fra qualche mese», disse a titolo di commento e senza levare lo sguardo dalla scrivania. «Chi tiene aggiornati i fascicoli elettorali personali?»

«La signorina Rusconi», rispose il segretario incrociando il suo sguardo con quello di Iride.

«Vediamone un altro», comunicò atono l'ispettore scorrendo con l'indice l'elenco degli elettori. «Vorrei quello relativo a Vitali Roberto.»

«Vitali Roberto», ripeté il segretario. Iride sgambettò al casellario.

Soddu lo consultò brevemente poi scosse la testa.

«Non ci siamo», disse.

Restelli lo guardava senza far parola.

«Vitali Roberto è sposato e residente in via Lecco nelle liste elettorali», chiarì l'ispettore. «Nel suo fascicolo è invece ancora celibe e residente in piazza Verdi!»

Iride aveva sentito tutto e s'era fatta di cera. Il segretario continuava a tacere.

«Ciò mi obbliga a controllare tutti i fascicoli, uno per uno», concluse Soddu.

Per un istante il segretario credette di non aver capito.

«Ma...» balbettò poi, «sono più di duemila!»

«Abbiamo tutto il tempo», ribatté l'ispettore, «sono solo le dieci del mattino.»

Dopodiché si tolse l'impermeabile e batté le mani alla volta di Iride che fissava attonita il segretario.

«Signorina», disse, «me li porti a venti per volta.»

6.

Quella che seguì non fu una buona notte per il segretario Domenico Restelli: si alzò almeno tre, quattro volte per orinare e, non appena si assopiva, il viso da brigante dell'ispettore sorgeva nel buio a tormentarlo.

Il vice-prefetto ispettore era infatti rimasto in municipio fino a sera inoltrata. Fino a mezzogiorno aveva controllato i fascicoli elettorali raggranellando un'altra ventina di inesattezze. Poi aveva detto basta. Restelli aveva creduto che volesse fermarsi per mangiare un boccone e l'aveva formalmente invitato a casa sua.

«Preferirei continuare a lavorare», era stata invece la risposta del sardo che aveva chiesto di dare un'occhiata ai fascicoli dei dispersi in guerra e di controllare la posizione degli elettori definitivamente residenti all'estero. Il segretario era rimasto tanto male che aveva dimenticato di avvisare la moglie la quale, attorno all'una e mezza, l'aveva richiamato. In quel momento il Soddu stava sventolando il fascicolo del disperso di guerra Vitali Gregorio, privo della copia del verbale di irreperibilità rilasciato dall'autorità militare. Quindi aveva trovato da ridire anche sull'elenco speciale degli elettori definitivamente trasferiti all'estero.

«La legge 7 ottobre 1947 numero 1058 articolo 11», aveva sentenziato, «dà la possibilità agli elettori già cancellati dall'anagrafe di rimanere iscritti nelle liste elettorali del comune dietro domanda dell'elettore stesso: se non c'è domanda l'elettore perde il diritto di voto. Ma è necessario un periodico riesame di questo elenco. Credo che le convenga riunire la commissione elettorale e riesaminare ciascuna posizione. Quanto prima direi, vista l'imminenza delle elezioni amministrative e onde evitare che vengano preparati certificati elettorali per elettori che non hanno intenzione di votare.»

Alle quattro del pomeriggio l'ispettore si era ributtato nell'esame dei restanti fascicoli elettorali: ne era riemerso con una semplice esclamazione di compiacimento alle sette e trenta della sera: l'ufficio era deserto, Restelli esausto. Il Soddu aveva chiesto al segretario di dargli il tempo per buttar giù il verbale d'ispezione: era stato rapido e, al contrario di quanto Restelli temeva, non aveva infierito.

«L'accompagno in stazione», s'era offerto il segretario quando l'ispettore si era rimesso l'impermeabile. Il sardo aveva ringraziato ma precisato che preferiva andarci da solo. S'era avviato e, sulla soglia dell'ufficio, s'era fermato e voltato verso il segretario.

«Mi perdoni se glielo dico», aveva osservato, «ma secondo me lei fuma troppo!»

Quindi era sparito. Erano le otto della sera. Domenico Restelli, finalmente solo, si era accasciato sulla poltrona della sua scrivania.

Aveva contato i mozziconi di sigaretta, quarantadue, e s'era lasciato invadere dalla stanchezza.

Solo poco più tardi, a casa, mentre sorseggiava di malavoglia una minestrina senza sapore, aveva ricapitolato le varie fasi della giornata, per giungere alla conclusione che la signorina Iride Rusconi meritava una strigliata coi fiocchi e forse qualcosa di più.

Quindi, dopo una mezz'ora di televisione, era andato a dormire.

La mattina la moglie Elide era al suo capezzale con una tazzina di caffè fumante in mano. Volle sapere il perché di tutto quell'andare e venire in bagno.

«Niente», minimizzò Domenico facendo un gesto vago

con la mano: aveva un solo pensiero, arrivare prima possibile in ufficio e sistemare la questione con la Rusconi. Coprì la distanza tra la sua casa e il comune a passo di corsa mentre dentro di lui prendeva sempre più corpo la decisione di punire Iride in modo esemplare.

«La colpa è mia», si ripeteva, «non dovevo fidarmi di quell'oca!»

Giunse davanti al portone un po' a corto di fiato ma, anziché rallentare, aggredì lo scalone che portava al primo piano con guizzo da scalatore. A metà della salita però frenò bruscamente, aveva sentito qualcosa: forte, squillante, un fischio allegro faceva eco nell'androne e sembrava provenire dagli uffici.

Domenico Restelli provò un brivido di rabbia, si sentì preso in giro: chi poteva essere così felice nel suo ufficio, dopo un'ispezione che aveva rivelato tante magagne?

Riprese a salire gli scalini a due per volta e piombò negli uffici sfiatato e congesto.

«Chi stava fischiando?» chiese duramente.

I tre impiegati si guardarono.

«Chi?» chiese ancora il segretario.

«Nessuno di noi ragioniere», rispose per tutti Iole. «Ho sentito anch'io ma dev'essere qualcuno nella casa qui di fronte, forse un muratore. Era una canzone del festival di Sanremo, "Quando, quando, quando", la conosce?»

Il segretario stava ancora compensando con il respiro, guardò Iole con un mezzo sorriso.

«Come no?» ironizzò. «L'ho scritta io.»

7.

Per tutta la giornata l'impiegata Iride Rusconi attese invano la chiamata del segretario. Il ragionier Restelli fu distratto da una lunga serie di telefonate e di importuni che lo obbligarono a rinviare il predicozzo e a lavorare fino a tardi.

L'impiegata non si illudeva di passarla liscia: conscia delle sue colpe, dedicò ogni ora di quel giovedì grasso, e parte della notte che seguì, a elaborare la propria difesa.

Iride era stata assunta tre anni prima con la qualifica di addetta allo stato civile e all'anagrafe: aveva accettato di occuparsi del servizio elettorale su richiesta del sindaco quando era stato creato un consorzio di segreteria tra i comuni di Bellano e Vendrogno, e il segretario Restelli rischiava di affogare in un mare di lavoro.

Non l'aveva fatto per niente: in quei tre anni aveva preso dei bei soldi, giustificati con ore di lavoro straordinario che non sempre erano veritiere. Comunque, rifletteva in continuazione Iride, se il segretario fosse stato troppo duro, era pronta a rispondere che il lavoro elettorale non era di sua competenza, per contratto.

«Se caso», ragionò attorno alla mezzanotte, dopo essersi rigirata più volte nel letto, «gh'èl dìsi ai sindacati!» Su quella risoluzione riuscì a prender sonno.

Anche il ragionier Restelli dedicò parte della notte a preparare il discorso da fare all'impiegata. La conosceva bene: permalosa e vanitosa, passava gran parte del tempo d'ufficio immersa in estenuanti letture di romanzetti d'amore. Spesso lui li aveva ritrovati nel cestino della carta straccia: c'erano settimane in cui Iride riusciva a leggerne uno ogni due giorni.

Quando Domenico Restelli credette di potersi finalmente addormentare, il bruciore che già da qualche giorno lo spingeva ad andare in bagno più spesso del solito ricomparve. Si alzò, andò ai servizi, orinò una quantità irrisoria e ritornò a letto con la sensazione di avere un fiammifero acceso nel basso ventre.

Durò così quasi tutta la notte. Al mattino aveva un viso sbattuto, pesto, tanto che la moglie gli chiese se si sentisse bene. Domenico non rispose. Aveva fretta di uscire. Arrivò in ufficio alle otto e trenta. Non sedette nemmeno alla scrivania.

«Signorina Rusconi», disse, «venga con me in sala del consiglio!»

In mancanza di meglio, la sala del consiglio comunale era il luogo che il segretario destinava a colloqui riservati. Era il locale più ampio dell'intero piano: l'occupavano il tavolo dei consiglieri, un mobile di fattura artigianale a ferro di cavallo, tarlato e sempre lucido di cera, e delle sedie dozzinali per lo scarso pubblico che assisteva alle riunioni del consiglio. Sulla parete di fondo era murato un bassorilievo in marmo: ricordava il letterato Tommaso Grossi e la visita che i suoi concittadini trevigliesi fecero a Bellano nel 1956; gli faceva da contraltare, sulla parete opposta, proprio dietro lo scranno del sindaco, l'austero ritratto di un altro illustre bellanese, Sigismondo Boldoni, letterato e poeta morto di peste a trentatré anni, nel 1631. In un angolo penzolavano, infilati in un portaombrelli di rame battuto, il tricolore e il gonfalone del comune.

Restelli aveva programmato di entrare nel discorso per gradi, onde evitare di irritare la suscettibilità dell'impiegata. Tuttavia la sensazione di bruciore nella vescica e quella nuovissima e disarmante di non riuscire a contenersi, lo obbligarono ad abbreviare i tempi e a modificare i modi: fu brusco.

«L'ispezione dell'altro ieri», disse, «ha dato risultati catastrofici. Dobbiamo alla bontà del vice-prefetto se il rapporto finale non ci farà passare dei guai. Tuttavia ho compreso che quello elettorale non è un lavoro che lei svolge con la dovuta serietà!»

Il viso di Iride si tese: le labbra divennero bianche, il naso si affilò. Gli occhi gemevano stizza.

«Affiderò il lavoro a qualcun altro», proseguì il segretario. «Se ne ritenga esentata, da oggi!»

«Però...» tentò di interloquire Iride.

«Nessun però», troncò netto Restelli che si sentiva prossimo a capitolare. «Lei signorina non si è comportata onestamente nei confronti dell'amministrazione comunale. È tutto, può andare!»

Dieci, quindici secondi ancora e poi se la sarebbe fatta addosso, il segretario ne era convinto. Si avviò lui per primo.

Iride, con un viso da vipera, prese la via degli uffici a capo chino: ma già, nella sua testa, meditava vendette e aveva in corpo il veleno giusto per riuscire.

Il segretario tirò un sospiro: poi, cercando di non forzare il passo per non dare nell'occhio, si avviò verso i servizi dove sostò non meno di cinque minuti.

8.

Tra venerdì e sabato Iole dormì poco e male. Prima di coricarsi, infatti, il telefono aveva squillato, facendola trasalire. Come tutte le persone abituate a ricevere pochissime telefonate, l'impiegata aveva immaginato disgrazie. Invece, la voce querula di Annita Belissoni l'aveva allegramente aggredita e invitata, per la sera seguente, a una cena a casa sua, assieme ad altre amiche, approfittando del fatto che suo marito, il professor Crusardi, era fuori paese per impegni professionali. Iole non aveva avuto nemmeno il tempo di rifiutare, né, comunque, l'avrebbe fatto, ma s'era ritrovata poi nel suo letto elettrica come se avesse bevuto un'intera moka di caffè. L'invito appena ricevuto aveva aperto uno squarcio nei ricordi dell'impiegata. Lei e la Belissoni erano state compagne di scuola, avevano frequentato le stesse amiche, fatto assieme passeggiate estive a Camaggiore e sull'Alpe di Giumello.

Finita la scuola l'amicizia aveva resistito, tanto che Annita era stata lì lì per affidare a Iole il ruolo di testimone al suo matrimonio, preferendole una cugina solo per espresso desiderio dei genitori. In quell'occasione Iole aveva fatto dono all'amica di una fotografia scattata nel 1949 in cui loro due erano ritratte a braccetto, con un'aria svagata e zingaresca, sul sentiero che da Camaggiore va verso Sant'Ulderico; sul retro della foto una terza amica aveva scritto «le due zitelle» a mo' di titolo, profezia che s'era avverata solo a metà.

Il matrimonio aveva un po' allontanato le due, anche perché la Belissoni aveva fatto quello che si dice un colpo grosso: aveva sposato il professor Gastone Crusardi, primario chirurgo e direttore sanitario dell'ospedale Umberto I di Bellano, presso il quale era stata una delle sue prime pazienti: da lui sanata nel 1959 e subito dopo impalmata quando lui aveva quarantadue anni e la sposa ne aveva appena compiuti trentacinque.

All'epoca del fatto il professore era a Bellano da pochi mesi. Vi era giunto nella tarda estate del 1959, proveniente da Ladispoli per sostituire nella carica il collega chirurgo Boniventa, in partenza per Trento, le cui follie temperamentali avevano fatto ammattire per cinque lunghi anni le suore Adoratrici del Santissimo Sacramento, che costituivano la maggior parte del corpo infermieristico dell'ospedale. Le notizie che avevano preceduto l'arrivo del Crusardi lo davano quarantenne, scapolo, un po' pelato, taciturno e cristiano praticante, e avevano fatto la gioia delle religiose: il celibato a oltre quarant'anni era una garanzia. Così, per solennizzare il suo arrivo ed esorcizzare il ricordo del Boniventa, l'ingresso in ospedale del Crusardi, l'ultima domenica di settembre del 1959, era stato un giorno di festa con messa nella cappella del nosocomio e pranzo nella sala mensa riservato alle autorità bellanesi.

Come abitazione, anziché la palazzina riservata al primario e annessa all'ospedale, il Crusardi aveva scelto un quartierino di due stanze, adiacente alle camere delle suore. La decisione aveva mandato in visibilio le religiose che ancora tremavano al ricordo delle festicciole che il Boniventa aveva dato nella sua abitazione per volere della moglie, amante del ballo. Nel corso delle settimane seguenti il suo arrivo, il Crusardi aveva dato a vedere di essere privo di vizi: non beveva, non fumava, si alzava presto il mattino, andava quotidianamente a messa, stava in corsia dalla mattina alla sera, si coricava con le galline. A qualunque ora lo chiamassero era sempre pronto. Le suore erano in brodo di giuggiole e lo trattavano come una divinità. Rassicurate dal suo agire, non si erano preoccupate che le famiglie maggiorenti dei bellanesi avessero cominciato a invitarlo a pranzo: il Crusardi accettava quegli inviti come se fossero impegni di lavoro, le zitelle che incontrava a quei deschi, compresa la Belissoni alla cui tavola sedette una domenica di dicembre, non lo turbavano. Sembrava inutile abbindolare il professore con le mire della buona tavola e della pace domestica: bisognava colpirlo nel cuore della sua attività. Così era capitato che la Belissoni, nella primavera del 1959, fosse ricoverata in ospedale coi sintomi di un'appendicite. Effettuata la visita e fatta la diagnosi, il Crusardi aveva disposto immediatamente l'intervento.

L'operazione era andata bene. Il mattino seguente, verso le sette, il professore era andato a visitarla. La Belissoni dormiva: coi capelli sciolti, il viso rilassato, pallido, faceva la sua figura. Il Crusardi non aveva voluto svegliarla. Aveva fatto per uscire ma sulla soglia della cameretta la donna aveva mormorato qualcosa, una sorta di monologo nel quale il nome del professore compariva a più riprese. La Belissoni, incosciente, aveva elogiato le sue mani, la sua voce, manifestando la sua invidia verso la donna che avrebbe goduto di un uomo siffatto.

«Sarà effetto dei sedativi», aveva pensato il Crusardi che però era rimasto profondamente turbato da quelle parole. Ci aveva pensato e ripensato due giorni e due notti. Infine, l'ultimo giorno di degenza, all'ora di pranzo, quando era sicuro che nessuno l'avrebbe sorpreso, era entrato nella camera della Belissoni e tra mille tentennamenti le aveva chiesto se ricordava qualcosa dei vaneggiamenti post-operatori. La Belissoni aveva negato ma gli aveva chiesto di riferirle quello che aveva detto. Il professore aveva nicchiato, la Belissoni insistito e alla fine il Crusardi le aveva detto prima una cosa poi l'altra e infine tutto.

«Mi dispiace di averla tediata con queste banalità. È evidente che lei era sotto l'effetto dei sedativi e non era padrona di sé», aveva concluso il professore.

«Ma è tutto vero», aveva confessato d'impeto la Belissoni temendo di perdere l'occasione.

Due mesi dopo veniva celebrato il matrimonio. Le suore dell'ospedale non avevano avuto motivo di lamentarsi: il professore, passato il viaggio di nozze sulle Dolomiti, aveva mostrato di essere quello di sempre, eccettuato il fatto che aveva preso possesso della palazzina.

Una vera e propria mimesi aveva invece subito Annita Belissoni, che s'era calata con molta vivacità nella parte della moglie del professore. Votata a questa missione, si sentiva parte integrante dell'organismo maritale, col dovere di sopperire alle carenze del suo carattere. Poiché il professore era piuttosto schivo, aveva pensato lei a intrecciare una fitta rete di contatti sociali. La palazzina era divenuta meta di cene e l'invito in casa Crusardi era via via divenuto molto ambito.

Il professore gradiva quelle discrete compagnie anche se invariabilmente alle dieci di sera salutava tutti e se ne andava a dormire. Annita invece restava in piedi vispa e allegra fino a che l'ultimo degli invitati non lasciava la casa. Per passare il tempo libero la Crusardi aveva accettato di far parte di numerose associazioni e, quale moglie del primario ospedaliero, era stata eletta alla presidenza del comitato della Croce Rossa e, in quel 1962 che avrebbe visto a Bellano le elezioni amministrative, si vociferava che stesse cercando di spingere il marito a proporsi in una lista per conquistare la poltrona di sindaco.

9.

La mattina di sabato grasso l'aria era frizzante. Alle sette e un quarto Iole era già in piedi e, dopo aver bevuto una mezza tazzina di caffè riscaldato, si sedette su una poltroncina del salotto per organizzare mentalmente quella giornata. La radio, in cucina, gracchiava notizie del telegiornale, terminato il quale l'annunciatore presentò un programma dedicato al festival di Sanremo. Iole scattò in cucina e alzò il volume.

«A un mese dalla fine del festival di Sanremo la palma della vittoria morale spetta a Tony Renis», diceva lo speaker. «La sua canzone, "Quando quando quando" domina le classifiche dei dischi più venduti, è la più gettonata nei juke-box, tutti la canticchiano per la strada, in casa, negli uffici.»

Iole, in piedi davanti alla radio, assentì con veemenza, provando un brivido di irragionevole gioia.

«...come già accaduto in altre edizioni, anche quest'anno il festival della canzone italiana ha dimostrato che non sempre il verdetto della giuria si accorda con i gusti della gente...»

L'impiegata si riscosse: aveva un mucchio di cose da fare e nel pomeriggio doveva andare dal parrucchiere per farsi sistemare i capelli. Piegò lo scialletto rosa che aveva sulle spalle e filò in camera da letto. Lì la raggiunse il canto dell'uccellino della radio che segnalò le sette e trenta: era l'ora di un altro radiogiornale.

«Roma. Il Presidente del consiglio onorevole Amintore Fanfani ha illustrato ieri a Montecitorio le linee generali della politica che il nuovo governo intende seguire. Come si sa la nuova formazione governativa di centrosinistra vede la partecipazione di DC, PSDI, PRI e l'appoggio esterno del PSI. Fanfani nel suo discorso...»

Iole si vestì rapidamente davanti allo specchio dell'armadio di camera, avvolse la testa in un ampio foulard azzurro e ritornò in cucina armata di scopa e straccio per la polvere. La radio era passata alle notizie di cronaca estera.

«L'astronauta americano John Glenn, l'uomo che ha compiuto tre volte il giro della terra nello spazio a bordo di una capsula Mercury, ha annunciato che visiterà il nostro paese e che desidera essere ricevuto dal Santo Padre. Il radiogiornale termina qui. La prossima edizione alle otto e trenta.»

Erano le otto meno un quarto. L'annunciatore presentò un programma di canzoni. Prima di spegnere Iole attese un istante: sperava di sentire la sua canzone e la voce di Tony Renis: riconobbe invece immediatamente le note della canzone che aveva vinto il festival e la voce singhiozzante di Domenico Modugno. Spense la radio con soddisfazione, come se girando la manopola potesse torcere il naso allo scellerato che aveva rubato la vittoria a Tony Renis. Quindi, fischiettando «Quando, quando, quando...», partì allegramente verso quella mattina di grandi pulizie.

10.

Fu una cena allegra, spensierata, a tratti rumorosa, che terminò dopo l'una di notte. La Belissoni era stata un'ottima padrona di casa, aveva riunito cinque altre compagne di scuola oltre a Iole, tutte sposate ma senza marito per quella sera. Complice quel poco di vino che ciascuna bevve, nella conversazione vennero proposti i più svariati aneddoti circa la vita matrimoniale. Iole rise come da anni non le capitava e a un certo punto, per non essere da meno delle altre, prese anche a fare dell'ironia su sé stessa e sulla sua condizione di zitella, divertendo le commensali. La presenza di tutte quelle sue amiche già sposate, alcune con figli, non l'aveva minimamente intristita. Al contrario, le aveva dato una carica particolare: fu come se quella sera dentro di lei si fosse aperto un nuovo pensiero, quello che la vita riserva sempre qualche sorpresa e che lei aveva il diritto, oltre che il desiderio, di sperare, di rincorrere con la forza della sua volontà il sogno di un uomo, di un marito. Col passare dei minuti e col crescere dell'allegria questa convinzione s'era rinforzata. Iole aveva creduto che tutto ciò fosse l'esito di quello stare in compagnia e parlare di mariti pantofolai e gelosetti. Ma anche dopo, uscita dalla casa di Annita, sola in strada, immersa nel buio odoroso di lago, mentre lentamente, per godere fino in fondo quella serata, camminava verso casa, quel pensiero non l'abbandonò.

E anche quando fu in casa ed ebbe chiuso dietro di sé la porta, se lo ritrovò quasi materializzato a farle compagnia nel letto; l'eccitazione per quella prospettiva solo sognata le proibì il sonno per un altro paio d'ore e quando riuscì ad addormentarsi erano le tre passate da qualche minuto.

Al risveglio il sole splendeva già. Il lago aveva un aspetto sereno, il cielo era limpido. L'impressione della sera durava ancora nell'animo di Iole e la donna vi si abbandonò passando una domenica leggera.

In contrasto a tutto ciò che sentiva, il lunedì mattina, in ufficio, trovò un'atmosfera da pieno inverno.

Il segretario Restelli era cupo in viso, aveva la fronte aggrottata, le labbra strette: sembrava che stesse camminando contro vento. Iride aveva un viso da fagiana pronta a scoccare il volo, il collo teso e gli occhi sgranati in vigilanza continua. Iole entrò salutando a bassa voce, sedette alla sua scrivania: la sua allegria era svanita d'un colpo.

Il segretario stava stendendo la minuta di una nota per il sindaco: lo informava degli esiti dell'ispezione e della decisione di riprendere in mano il servizio elettorale vista l'imminenza delle elezioni amministrative: proponeva di dare l'incarico per il futuro alla signorina Iole Vergara che egli stesso avrebbe istruito nelle settimane a venire. Firmata la nota, chiamò Iole e la pregò di battere a macchina la lettera. Mentre Iole tornava al suo tavolo, l'occhio del segretario cadde su Iride che, con spavalderia, aveva aperto il cassetto dove solitamente teneva i suoi romanzetti. Il segretario sentì il sangue montargli alla testa.

«Signorina Iride», sbottò, «quelle cose che legge in continuazione invece di lavorare cominci a farle col suo fidanzato. Naturalmente non qui in ufficio!»

La battutaccia del segretario fu come un refolo di aria gelida. Iole scoppiò a ridere. Iride, inviperita, si volse immediatamente verso di lei balbettando qualcosa, ma era in apnea e non riuscì a dire niente. Quindi si rivolse al segretario.

«Stavo prendendo l'indirizzario», disse sventolando il registro.

Restelli abbassò gli occhi sulla scrivania. Iride, con violenza, chiuse il cassetto.

Quel rumore fece al segretario l'effetto di un colpo ricevuto al basso ventre e gli rimise in moto la solita teoria di bruciori e tensioni.

Allora, senza far parola, si alzò e uscì dall'ufficio per andare a fare ciò che sua moglie Elide gli consigliava ormai da più di un mese: farsi visitare dal dottor Novara.

11.

La sala d'attesa dell'ambulatorio era semivuota.

Il segretario temeva che, entrando, sarebbe stato investito da quel fastidiosissimo odore di disinfettante che impregna sempre l'aria degli ambulatori e degli ospedali. Nell'aria invece stagnava un sentore di giornali e basta. I pochi presenti lo salutarono e insistettero perché passasse davanti: erano tutti pensionati e non avevano niente di meglio da fare. Restelli non fece cerimonie, approfittò della gentilezza.

Il dottor Novara, un ligure con un viso da siciliano, nero di capelli e con due baffettini curatissimi, vedendolo si stupì. Il segretario però non gli diede il tempo per esternare la sua meraviglia.

«Bisogna che tu mi dia una cura!» disse trafelato.

Il medico allargò le braccia e indicò a Restelli una sedia.

«Una cura per quali disturbi?» chiese.

Restelli raccontò dei suoi bruciori, dei dolorini, delle fitte, dei crampi, degli spasmi, delle levatacce notturne.

«Anche cinque volte per notte», specificò, «per orinare quanto un bambino. A cinquantasei anni si può essere conciati così? Cosa devo fare, mettermi i pannolini?»

Il dottore lo invitò alla calma, la sua diagnosi l'aveva già fatta.

«È la prostata, non c'è dubbio», disse. «Quindi meno fumo, meno eccessi alimentari, meno vita sedentaria, meno arrabbiature. Ti posso dare una dieta da seguire, ti farà bene anche per la pancia. Se vuoi sentire uno specialista, a Como ce n'è uno molto bravo. E, alla fine, se non passa la si toglie!»

Restelli spalancò gli occhi, stupito per la facilità con cui il dottore parlava di tagliare.

«Nessun chirurgo farà esperienza su di me!» affermò.

«Vedremo», rispose il dottore. «Nel frattempo ti avviso che la lotta contro la prostata è snervante. È una ghiandola dagli umori balzani, mette a segno i suoi colpi imprevedibilmente. Si vendica se fumi una sigaretta di troppo o bevi un bicchiere in più. Di ogni azione buona o cattiva che farai imparerai a conoscere il peso in termini di reazione prostatica.»

Il segretario accennò di aver capito.

«Ti farò sapere!» disse al medico e uscì dallo studio con l'urgentissimo bisogno di orinare.

Ma, non appena rientrato in comune, dovette cambiare programma: il messo comunale Troilo, chino sulla sua scrivania e intento a studiare le partite di calcio della domenica seguente per compilare la schedina, non l'aveva nemmeno sentito rientrare. Il segretario strinse i denti e si avvicinò al tavolo del messo.

«Ci metta pure uno fisso», disse picchiando l'indice sul piano della scrivania, «vedrà che l'Inter non mancherà di vincere. E la giunta sarà felice di sapere che qui in comune abbiamo un esperto della Sisal. Non gli importerà più di tanto sapere che le tasse dell'acqua vengono compilate col sistema del'uno ics due!»

Troilo restò di stucco e quando fece per dire qualcosa il segretario stava già sparendo nel corridoio che portava ai bagni.

«Cosa voleva dire?» chiese infine.

«Voleva dire che leggi i contatori dell'acqua senza muoverti dalla sedia, che vai a stima sui consumi degli anni precedenti», spiegò Iride.

«Ma se abbiamo sempre fatto così», protestò Troilo.

«Evidentemente ce l’ha con l’acqua», invelenì Iride, «visto che fa tanta fatica a farla.»

Alla battuta di Iride Iole arrossì, fissò la sua collega ma non osò dire nulla. Iride la guardò con un sorriso da squalo e nel silenzio generale il rumore dello sciacquone invase gli uffici.

12.

Una bronchitella all'inizio della primavera tenne Iole chiusa in casa per tre giorni.

Il tempo s'era di nuovo guastato, erano ritornati freddo e pioggia. Quando l'impiegata riprese il lavoro, l'ultimo lunedì di marzo, il cielo era sgombro da nuvole ma la temperatura era ancora bassa: Iole dovette riesumare dall'armadio il cappottino che aveva incautamente licenziato agli inizi del mese. Ritornare in ufficio le era tutt'altro che spiacevole, significava uscire dalla solitudine domestica.

In vista del municipio Iole si accorse che la sua collega la stava aspettando: Iride infatti se ne stava impettita davanti al portone del municipio, a braccia conserte.

«Andiamo a bere un caffè?» le chiese quando Iole fu a un passo.

Iole la guardò con meraviglia, Iride sorrise.

«Il segretario è andato a Como, arriva dopo le dieci», spiegò la Rusconi.

Iole non amava arrivare in ritardo, tuttavia, non volendo irritare Iride, accettò l'idea del caffè, certa che sarebbe toccato a lei pagare.

«Ti sei rimessa?» chiese Iride.

«Come vedi», rispose Iole.

«Hai saputo la novità?»

«Quale?»

Iride sorrise ma non lo sapeva fare: aveva una bocca stretta, tagliata per dire cattiverie: si fermò sulla porta del bar.

«Il segretario ha la prostata!» disse.

«Tutti gli uomini ce l'hanno», ribatté Iole.

Iride s'ingobbì verso la collega, colpita.

«E tu, come fai a saperlo?» chiese gelidamente.

Iole sorvolò.

«Volevo dire», riprese Iride, «che è malato di prostata.»

Iole fece un passo deciso dentro il bar senza commentare.

«Ma non ti sei accorta che va al gabinetto ogni mezz'ora?» insisté Iride.

Lo sguardo di Iole si posò su un vaso di prugne sotto spirito in mostra sul banco del bar: non poté fare a meno di pensare alla prostata del segretario.

«No», rispose infine.

«Ma dove ce li hai gli occhi?»

I caffè arrivarono. L'orologio del bar segnava le otto e un quarto.

«Oggi è andato a Como da uno specialista», disse. La soddisfazione le si dipinse sul viso: rise ancora, ma senza scoprire i denti.

«Come fai a saperlo?» chiese Iole.

Iride cambiò espressione, serrò le labbra, strinse le palpebre.

«Segreto!» sibilò.

Iole poggiò la tazzina sul banco, pagò i caffè. La Rusconi non fece nemmeno la mossa di prendere il borsellino.

«Ieri sera abbiamo quasi fissato la data delle nozze, sai?» disse poi, cambiando discorso.

«Finalmente! E quando?» chiese Iole.

«Ho detto quasi. Giugno, luglio, forse settembre. La casa non è ancora pronta del tutto. I soldi...»

«Benedetti soldi», disse Iole.

«Già, non bastano mai. Non mi ci voleva quella storia del servizio elettorale. Proprio adesso che mi faceva comodo!»

Iole comprese a cosa mirava la sua collega: giudicò meglio tacere.

«Lo farai tu adesso?» sparò Iride.

«Non tocca a me decidere», se la cavò Iole.

«Sì lo so. Ma se te lo chiedessero...»

Iole tacque.

«Dico», riprese Iride, «se te lo chiedessero e tu rifiutassi... insomma, a Troilo non lo danno di certo un lavoro del genere e se restassi io... magari... in fin dei conti sbagliano tutti a questo mondo, no?»

«Certo», buttò lì Iole.

«Ci pensi allora?» chiese Iride strusciandosi addosso alla collega.

«Ci penserò», disse Iole. «Adesso andiamo.»

Iride riprese a parlare della prostata del segretario, raccontò di un suo zio che l'aveva avuta. Iole non la stette a sentire ma la lasciò parlare fino al portone del municipio. Salirono in silenzio le scale ed entrarono in ufficio, prima Iride, poi Iole.

Il segretario Restelli era al suo posto, seduto alla scrivania. Lavorava. Alzò appena la testa, guardò le due impiegate, senza dire nulla.

Iole arrossì, Iride assunse un profilo ispido e per un breve istante incrociarono gli sguardi. Solo allora il segretario si alzò, si vestì con gesti lenti e uscì dall'ufficio senza far parola.

13.

L'idea di insistere presso Iole affinché rifiutasse l'eventuale incarico elettorale, creando i presupposti perché venisse riaffidato a Iride, era stata del fidanzato di questa, un valsassinese di Cortabbio.

Si chiamava Eugenio Arrigoni e fino a 25 anni aveva fatto il muratore. Nel 1959 era entrato nella Società Autotrasporti Bellanesi quale autista e per un anno, fino al 1960, aveva guidato le corriere della linea Bellano-Taceno-Margno-Casargo.

Nel 1960 Rodolfo Gobetti, l'ineccepibile contabile della società di trasporti, nel confrontare i bilanci aveva scoperto che gli introiti di quella linea arrancavano mentre le altre facevano registrare costanti progressi. Una rapida indagine gli aveva permesso di stabilire che non c'erano ammanchi di cassa, tanti biglietti venduti, tanto di incasso. Significava che il difetto era all'origine e pensò bene di indagare: così aveva fatto, piazzando alle costole dell'Arrigoni e degli altri autisti che facevano la linea della Valsassina una sorta di ispettore, sotto le spoglie di viaggiatore occasionale, il quale, nel giro di una settimana, aveva appurato che tutti gli amici dell'Arrigoni – e ne aveva tanti essendo assiduo di osterie d'ogni specie – viaggiavano gratuitamente grazie alla sua complicità.

Scoperto in quella truffa l'Arrigoni aveva rischiato il licenziamento.

Se n'era salvato grazie a una pietosissima scena che l'aveva visto in lacrime davanti al Gobetti. L'autista aveva giurato che mai più avrebbe truffato l'azienda, aveva accusato gli amici di aver approfittato dalla sua dabbenaggine, aveva pregato il Gobetti di dargli un'altra occasione: tanto aveva fatto che il contabile s'era lasciato convincere a non denunciarlo alla direzione, limitandosi a farlo spostare sulla linea Bellano-Dervio-Valvarrone e sulla Bellano-Vendrogno.

Dopo il brutto quarto d'ora passato, l'Arrigoni s'era dato una regolata. I suoi modi rozzi erano però rimasti gli stessi e quella sua grezza spavalderia l'aveva fatto diventare pian piano una specie di eroe per il piccolo circolo di sfaccendati che gravitava attorno al bar della stazione e per gran parte degli abituali passeggeri della linea Bellano-Vendrogno, perlopiù operai che lavoravano alla Guzzi di Mandello del Lario o al Tubettificio Ligure di Abbadia e ragazze turniste del Cotonificio Cantoni di Bellano. Era una piccola folla che si divertiva alle spacconate dell'autista, lo spronava a farle e faceva a gara per offrirgli una bevuta e trattarlo con sempre maggior confidenza.

Iride aveva conosciuto l'Arrigoni nella primavera del 1961, quando aveva dovuto assistere uno zio solo e malato che abitava a Vendrogno: saliva con la corriera delle diciotto, passava la notte con l'infermo e tornava a Bellano la mattina seguente. Quel giovane tanto sicuro di sé, forte, con modi da padrone, cui tutti i passeggeri si rivolgevano con un misto di ammirazione e timore, aveva acceso l'immaginazione di Iride che non aveva trovato nulla da obiettare la sera in cui l'autista aveva lasciato scendere tutti i passeggeri, l'aveva chiusa nella corriera e le aveva fatto una strampalata dichiarazione d'amore con parole prese a prestito da chissà quale calendarietto da barbiere.

Eugenio Arrigoni ambiva di accasarsi a Bellano. Non aveva perso tempo, s'era indebitato e aveva acquistato un appartamento nelle case comunali in località di Puncia che Iride s'era assunta il compito di arredare pian piano, man mano che avanzava qualche soldo.

Durante i primi mesi del loro fidanzamento i due s'erano frequentati pubblicamente, a Bellano. Tuttavia Iride aveva dovuto ben presto rendersi conto che una cosa era vedere Eugenio nella sua corriera, primeggiare sullo sfondo di quei passeggeri ridanciani e nella maggior parte dei casi rozzi al pari di lui, altra era invece portarselo in giro per il paese, entrare nei negozi o nei caffè, dove quei suoi modi mettevano a disagio.

Capita l'antifona, Iride s'era ben guardata dal presentarlo ai colleghi d'ufficio e al segretario. La sola Iole l'aveva visto da vicino una volta, mentre passava davanti al piazzale di parcheggio delle corriere, fuori dalla stazione. Eugenio stava orinando contro il muro per nulla preoccupato che fossero le due del pomeriggio e dei bambini giocassero lì vicino. Iride, riflettendo che una volta sposata avrebbe avuto tutto il tempo per limare le asperità di Eugenio e insegnarli un po' di buone maniere, aveva limitato le uscite con lui in paese. Preferiva andare lei a Cortabbio, nelle domeniche in cui Eugenio non era in servizio.

Proprio nel corso di una di quelle domeniche Eugenio, spalleggiato dalla madre, aveva stretto i tempi per le nozze. Iride aveva obiettato che c'erano ancora delle difficoltà finanziarie. Eugenio però le aveva annunciato che aveva accettato di arrotondare lo stipendio facendo consegne a domicilio nelle ore libere per conto di una ditta valsassinese che produceva formaggi. Se anche lei fosse riuscita a riottenere l'incarico elettorale, fatti i conti, potevano affrontare le ultime spese e il matrimonio senza troppe preoccupazioni.

14.

«Ho fatto proprio bene a portarle via l'incarico elettorale», pensò il segretario Restelli guardando di sottecchi la Rusconi.

Non aveva perso una mossa da che l'impiegata s'era seduta alla scrivania. Iride si comportava come se fosse sola in ufficio. S'era trastullata per una mezz'oretta con una matita infilandosela tra i capelli, poi aveva sistemato alcune carte sul tavolo, quindi, con movimenti cerimoniosi aveva aperto la porta al pubblico. Infine, quando il sole che entrava negli uffici dalla finestra alle spalle di Iole, lambendole appena la nuca, aveva invaso il suo spazio, Iride gli aveva affidato il viso con la speranza di abbronzarsi un poco.

La primavera, a metà aprile, aveva messo giudizio. Aveva fatto l'effetto di un aperitivo anche al segretario Restelli, che aveva sentito dentro di sé una sorta di fame, un appetito di sole, di lago limpido e di cielo terso. Il lavoro però era lavoro e la signorina Rusconi gli stava dando la misura di quanto fosse meschina.

Restelli si trattenne dal richiamarla. Ma alle dieci si alzò, raccolse dalla scrivania un fascio di carte e, infilatoselo sotto il braccio, disse con intenzione: «Io sono in commissione elettorale mandamentale. Lei signorina Iole venga con me, così comincia a impratichirsi in questa materia!»

«Subito ragioniere», rispose Iole alzandosi a sua volta. Iride, che ancora si beava del sole, osservò i due che si allontanavano verso la sala del consiglio: se avesse potuto avrebbe stritolato tra i denti l'esile scheletro della sua collega.

Il suo fidanzato, la sera, commentò la novità con una bestemmia.

«È tutto quello che hai da dire?» gli chiese Iride.

«Cosa devo dire?» ribatté Eugenio. «Sei tu che vuoi invitare al matrimonio i tuoi colleghi. Begli stronzi! Io per me...»

Iride non era tipo da digerire con facilità la sconfitta. Per qualche giorno in ufficio non parlò con nessuno: restituiva appena il saluto, rispondeva alle domande senza sprecar parole. Quando si fu ben stancata di fare l'offesa, anche perché nessuno s'era preoccupato di indagare le ragioni del suo mutismo, sfogò altrimenti il proprio malanimo: ogniqualvolta il segretario Restelli imboccava la via dei servizi, si rivolgeva ai colleghi ridacchiando e facendo «pss, pss». Oppure teneva il conto delle scappate del segretario e ne dava comunicazione.

Iole non sopportava il cinismo della collega. In risposta alle sue battutine le rinviava un formale sorrisetto e più volte era stata sul punto di intervenire e pregarla di smettere. Il messo Troilo, dopo qualche giorno, aprì bocca per chiedere cosa significassero tutti quei «pss, pss» e quei numeri che Iride comunicava con una vocetta velenosa.

«Ma non l'hai ancora capita? In che mondo vivi? Il segretario è malato di prostata!» gli spiegò Iride.

A Troilo fece effetto apprendere della malattia del Restelli. Esibì meraviglia, la stessa, osservò Iride, di certi bambini quando scoprono che anche i preti fanno la pipì.

«Si ammalano anche i segretari, veh! E vedrai che si dovrà operare!» pronosticò malignamente la Rusconi.

Il pensiero dell'intervento ossessionava il segretario Restelli. Anche la cura e la dieta che lo specialista di Como gli aveva dato sembravano inutili. La prostata continuava a mordere in ufficio e a casa, specialmente di notte. Ma la cosa che gli dava sommamente fastidio era aver compreso che ormai anche i suoi dipendenti sapevano.

La consapevolezza che quel suo disturbo così intimo fosse sulla bocca di tutti e tre gli impiegati l'imbarazzava: si sentiva ridicolo e indifeso.

Questo stato di cose tornò a incupire il suo umore, alla faccia della bella stagione. Le sue fantasie si ammalarono al punto che quando correva verso i servizi, tormentato da quel palloncino stracolmo d'acqua che gli si tendeva nel ventre, immaginava che un giorno o l'altro la signorina Iride gli si sarebbe parata davanti alla scrivania e gli avrebbe detto:

«Segretario lei? Ma se si piscia addosso!» andandosene poi tra le risa degli altri.

Smaltito il bisogno anche la fantasia svaniva e invariabilmente il segretario si accendeva una nazionale che fumava con rabbia, a lunghe tirate, venendo meno alla promessa di smettere che il dottor Novara gli aveva strappato.

15.

«Se un dipendente deve arrivare in ritardo sul lavoro non lo faccia mai di lunedì», aveva sentenziato una volta il segretario Restelli.

La categorica affermazione del capufficio tornò alla memoria di Iole proprio perché era il primo lunedì del mese di maggio, e lei era già in ritardo di un quarto d'ora. L'impiegata cercò di non lasciarsi vincere dalla frenesia, ma tra il vestirsi, il pettinarsi, chiudere le finestre e controllare il gas, riuscì a perdere un altro quarto d'ora. Percorse la strada da casa al municipio correndo, e sempre correndo salì lo scalone che portava agli uffici. Sulla soglia dell'ufficio guardò l'orologio: erano le otto e quaranta. Aveva le gote accese, il respiro affannato, un lieve tremito alle mani. Si fermò un momento per tirare il fiato quindi entrò salutando.

Il messo Troilo farfugliò una risposta. Il segretario si accese una sigaretta.

«Signorina!» disse poi.

«Ci siamo», pensò Iole.

L'impiegata si diresse immediatamente verso la scrivania del ragionier Restelli. Non riusciva ancora a controllare il respiro.

«Ho avuto un contrattempo imprevisto», disse subito, prima ancora che il segretario potesse chiederle la ragione del ritardo.

«I contrattempi sono sempre imprevedibili», chiarì il segretario, «comunque può capitare, vada pure!»

Iole, più tranquilla, guadagnò la sua scrivania: c'era un

bel numero di delibere della giunta da battere a macchina. La vista di tutto quel lavoro la ripiombò nell'ansia. Si sedette, infilò un foglio di carta nel rullo della voluminosa Everest e cominciò a battere, ma comprese subito che quella sarebbe stata giornata di errori e cancellature. La sua mente non riusciva a staccarsi dal motivo che l'aveva fatta ritardare: una telefonata di zia Ortensia. O meglio, del suo portiere, proprio quando stava per uscire di casa, puntuale come tutte le mattine sino a quel giorno.

16.

Nella camera da letto di Iole, zia Ortensia occupava a buon diritto un posto di tutta evidenza sul piano di un comò che l'impiegata venerava come un altare e sul quale erano disposte fotografie di vivi e di morti senza distinzione.

Zia Ortensia figurava in un ritrattino che risaliva al 1922: era a fianco della madre di Iole, Maria: sullo sfondo il mare di Diano Marina.

Il 1922 era l'anno in cui Ortensia e Maria s'erano conosciute: non c'era alcuna parentela tra di loro, ma la grande amicizia che a partire da quell'anno le unì e le frequentazioni comuni avevano gratificato Ortensia del titolo di zia, col quale Iole l'aveva sempre chiamata.

Nel 1922 Maria e Ortensia erano istitutrici in una colonia marina. Per Maria era l'ultimo anno di quell'attività: già fidanzata, si sarebbe sposata l'anno seguente. Ortensia, di due anni più vecchia di lei, nel corso di quell'estate si era innamorata di un professore d'orchestra, un violinista che villeggiava a Diano Marina. Dotata di un carattere esuberante, Ortensia avrebbe voluto piantare tutto e fuggire dalla colonia. Maria aveva dovuto impiegare tutto il suo buon senso e la sua pazienza per convincere l'amica a non fare follie. Tuttavia era stata sua complice in quell'inizio di amore, proteggendo le sue fughe notturne e le sue assenze dalla spiaggia e dai campi da gioco.

Che quell'innamoramento non fosse effimero, Maria l'aveva saputo un anno più tardi quando, inaspettatamente, le era giunta una lettera in cui Ortensia le annunciava le nozze con il violinista che si chiamava Antonio Terraneo.

Per un anno circa Ortensia non aveva più dato notizie di sé ma nel 1925 era capitata improvvisamente a Bellano. Il marito, aveva spiegato, aveva vinto un concorso ed era entrato a far parte dell'orchestra della Scala. Abitavano a Milano, adesso, e le era venuta voglia di rivedere l'amica: così, senza pensarci troppo, aveva preso il treno ed era giunta a Bellano.

Ortensia si era fermata presso l'amica tre giorni e aveva conosciuto la piccola Iole che era nata poco meno di un anno prima. Negli anni a seguire le sue visite a Bellano avevano assunto un carattere regolare, due volte l'anno.

Nel 1938 il violinista era morto di una leucemia fulminante. Per Ortensia era stato un brutto colpo e Maria, non appena saputo del lutto, l'aveva invitata a stabilirsi da lei per qualche tempo. Ortensia, che Iole chiamava già zia, aveva accettato. Era rimasta a Bellano sei mesi, dormendo nella stanzetta di Iole, riacquistando piano piano una certa serenità. Tornata a Milano, era sparita per quasi un anno e aveva rotto il silenzio per comunicare che sarebbe convolata a nuove nozze: questa volta sposava un farmacista originario di Rapallo. Lui aveva sessant'anni ed era vedovo da cinque, lei ne aveva cinquantuno.

La notizia era stata allegramente commentata da Maria: era segno che l'amica aveva ritrovato la gioia di vivere. A riprova di ciò, Ortensia aveva ripreso il ritmo delle sue visite a Bellano.

Nel 1950 anche il farmacista era morto. Ortensia, nel corso di una breve visita a Maria, aveva detto che si preparava ad abbandonare Milano: il secondo marito le aveva lasciato in eredità un appartamento a Rapallo.

«Me ne vado in riviera», aveva detto, «a passare gli anni della vecchiaia.»

Nell'appartamento di Rapallo Ortensia s'era subito trovata male, in solitudine. Era stato allora che aveva inaugurato un singolare sistema per rendere visita a parenti e amici, sistema che l'aveva resa famosa e anche, in alcuni casi, temuta nella cerchia delle sue conoscenze: decisa la meta, Ortensia si metteva in viaggio, facendo avvisare l'ospite del suo imminente arrivo dal portiere del condominio.

Quando la telefonata d'avviso giungeva a destinazione lei era già in viaggio: impossibile fermarla, impossibile negarle ospitalità.

La meta più frequente di quelle fughe dalla solitudine rivierasca era, naturalmente, l'amica Maria. Ortensia si fermava a Bellano un mese o due, non di più.

Aveva fatto due eccezioni: nel 1953, quando era morto il padre di Iole, e nel 1959, quando smise di vivere anche la sua cara Maria.

«L'ho invitata tante volte a venirmi a trovare a Milano o a Rapallo», aveva detto Ortensia in quell'occasione, «ma non ha mai voluto lasciare la sua famiglia. Ora non sarà più possibile!»

In quel frangente Iole aveva avuto dalla zia l'aiuto che le serviva per superare il brutto momento. Ortensia era tornata a Rapallo dopo quattro mesi di permanenza a Bellano. Aveva promesso che sarebbe tornata, ma da quell'anno le sue visite s'erano diradate: gli anni e gli acciacchi cominciavano a farsi sentire.

Scriveva spesso a Iole, lunghe lettere piene dei suoi ricordi: Iole le leggeva e rileggeva, spesso con le lacrime agli occhi.

L'ultima sua visita era datata 1960: Iole s'era ormai convinta che non l'avrebbe vista mai più. E invece il portiere del condominio di zia Ortensia aveva telefonato proprio quella mattina: la zia sarebbe arrivata a Bellano col treno delle diciannove e trenta, quella sera stessa.

Iole stava ancora pensando a zia Ortensia quando il procaccia entrò negli uffici comunali: era mezzogiorno e nell'aria dell'ufficio l'unico rumore era il battere stentato della macchina da scrivere di Iole.

17.

Il procaccia era un uomo dal viso funebre, pallido e scavato; spesso lo chiamavano quando c'era da vestire un morto e molti bellanesi, incrociandolo, si toccavano o facevano altri scongiuri.

Si appoggiò al bancone che divideva il pubblico dagli impiegati e guardò verso la scrivania di Iole. Con un vocione, di cui vanamente cercava di comprimere i toni, comunicò alla Vergara che aveva un telegramma per lei: fu come dirlo a tutti i presenti.

La meraviglia di Iole fu intensa: maggiore fu quella di Iride, che smise immediatamente di lavorare per seguire la scena.

Il postino allungò a Iole il telegramma: con un indice scarno e nodoso le indicò dove apporre la firma per la ricevuta. Se ne andò augurando un buongiorno che sapeva di condoglianze, Troilo si toccò.

Iole soppesò per un poco il telegramma. Lo girò e rigirò sotto lo sguardo vigile e impaziente di Iride. Infine lo aprì. Letto il testo, un intenso rossore le salì al viso. Iride non l'aveva persa di vista un istante: il turbamento della collega temperò la sua curiosità.

C'erano già due elementi sospetti nella mattina di Iole: il ritardo e quel telegramma. Forse c'era sotto un segreto.

Iole nel frattempo aveva dispiegato il telegramma sul piano della scrivania: con le mani s'era coperta gli occhi.

Passato qualche istante e riletto più volte il testo, si alzò e si avvicinò alla scrivania del segretario. Il ragionier Restelli la guardò con viso bonario.

«Mi dica signorina», disse.

Iride tese i suoi sensi, soprattutto l'udito. Iole però cercava di parlare a bassa voce: non sarebbe stato difficile tuttavia sentire quello che Iole diceva se Troilo avesse smesso di battere a macchina. Iride cercò di fargli un cenno, Troilo non se ne diede per inteso.

«Avrei necessità di questa mezza giornata di permesso», disse Iole.

Iride era riuscita a sentire, Troilo aveva fatto una pausa.

«Per quale motivo?» chiese il segretario guardando fugacemente la pila delle delibere.

«Vede, ragioniere, ho appena ricevuto questo telegramma...»

«Brutte notizie?»

Troilo ricominciò a battere a macchina. Iride non sentiva quasi niente.

«No, non proprio», rispose Iole, «sono ragioni di famiglia.»

«...di famiglia», colse Iride. Anziché spiegarsi, ragionò, il mistero si infittiva.

«Va bene», concesse il segretario, «vada pure!»

Iole girò sui tacchi. Rimise a posto le cose sul suo tavolo, coprì la macchina da scrivere e salutò. Iride, seccata, non le rispose.

Era successo che un leggero malore aveva colto zia Ortensia in treno, alla stazione di Genova, così diceva il telegramma: non era il caso di preoccuparsi, ma per motivi di cautela la zia era stata ricoverata in ospedale e avrebbe fatto avere sue notizie.

Non appena Iole fu fuori dal municipio tirò un sospiro di sollievo: la tiepida aria di quel maggio carico di colori e di profumi sembrò entrarle nello stomaco e da lì diffondersi dappertutto procurandole un frizzante senso di libertà e di sollievo. Il mancato arrivo della zia le dispiaceva solo in parte: per averlo desiderato si sentiva solo un po' colpevole. Non si sentiva colpevole di aver raccontato una mezza bugia al segretario: il pensiero del plico di delibere da battere a macchina le era riuscito troppo opprimente, addirittura intollerabile. Iole pensò che doveva subito fare qualcosa per la zia, magari una telefonata in ospedale: poi si sarebbe goduta quella mezza giornata di libertà.

18.

Il segretario Restelli s'era ben guardato dal ritornare dal dottor Novara per informarlo della sua prostata. S'era adattato a vivere in quel purgatorio di giorni sì e giorni no, combattendo, e per lo più perdendo, quotidiane battaglie con le sigarette, i caffè, il bicchiere di vino e i sughetti che la moglie Elide gli preparava solo perché lui le aveva proibito di trattarlo come se fosse un malato cronico.

Toccò quindi al dottor Novara, in quei giorni di avvio del mese di maggio, rendere visita al suo paziente perché aveva qualcosa di molto importante da comunicargli: contro i disturbi di una prostata esuberante erano appena entrate in commercio certe nuove pillole americane. Le riviste scientifiche ne parlavano bene, statistiche su miglioramenti e guarigioni si sprecavano.

«Ho pensato a te, se vuoi tentare», propose il medico.

«Tu cosa dici?» chiese dubbioso il segretario.

«Io resto piuttosto scettico. Secondo me l'unica è tagliare», ribadì il Novara.

«Allora tento le cure», decise repentinamente Restelli.

Iniziò immediatamente l'assunzione delle nuove pillole, due al giorno, mattino e sera, disponendosi a cogliere anche le più piccole variazioni d'umore della ghiandola.

A distanza di soli quattro giorni il segretario aveva già notato un netto miglioramento: fra tutti, un mitto decisamente più valido e costante, che gli consentì di mantenere la permanenza ai servizi entro limiti di tempo quasi normali. Il suo morale riprese rapidamente tono e quando il dottor Novara, cinque o sei giorni più tardi, gli chiese come andava, rispose che per conto suo restava dell'idea che i chirurghi dovessero cambiare mestiere.

Insomma, la prostata del segretario aveva capito che il più forte era lui e fu un bene con le elezioni amministrative così vicine.

Il comune di Bellano, infatti, era sede di mandamento elettorale e tutti i suoi guai capitavano sul tavolo del segretario Restelli, che era un profondo conoscitore della burocrazia elettorale. A volte gli giungevano richieste d'aiuto anche da fuori del mandamento: il segretario non diceva mai di no.

Nel mese pre-elettorale l'orario di lavoro di Restelli si dilatava. Passava dieci, dodici ore alla scrivania per rimediare a guai d'ogni sorta: mancate iscrizioni nelle liste elettorali di nuovi maggiorenni, contestazioni sulla autenticità delle firme dei presentatori di lista, contenziosi sulle somiglianze dei simboli delle liste locali e via di seguito. Quando non era in ufficio, Restelli era in trasferta nei vari comuni del mandamento a rimediare ai guai provocati dai suoi più inesperti colleghi.

Rinfrancato dal riconquistato dominio sulla prostata, il segretario Restelli affrontò le elezioni amministrative del 1962 con l'energia di un domatore di leoni. Secondo una sua definizione, infatti, le elezioni erano bestie grame cui bisognava andare incontro con decisione, senza alcuna paura.

19.

Iride fissò la data delle nozze, il 15 settembre: ai colleghi di ufficio ne diede ampia comunicazione. Quindi, per dare l'impressione fisica di essere sull'orlo di un cambiamento totale, si presentò in ufficio ogni giorno con un vestito diverso e nuovo. Ma, non contenta, si ficcò in testa anche un cappellino che portava con falsa noncuranza, rimirandosi nelle vetrine quando era in strada, accarezzandolo quand'era in ufficio. Nessuno, tra i suoi colleghi, immaginava che tutte quelle esibizioni facessero parte di un piano di vendetta che Iride aveva lungamente preparato.

Meno di tutti l'immaginava il messo Troilo, che una mattina emerse dal suo solito silenzio e le disse:

«Iride, che bel cappellino hai messo oggi!»

«Lo porto ormai da una settimana», puntualizzò lei.

Iole, che dello screzio per la questione dell'incarico elettorale non aveva più alcuna memoria, intervenne:

«Dio mio, gli uomini non hanno proprio occhi», disse. Iride non aspettava altro: il veleno le bruciava sulla punta della lingua.

«Non tutti sono uguali!» sibilò.

«Certo», ribatté Iole, «qualche eccezione ci sarà certamente.»

Iride s'impennò.

«Qualche eccezione c'è», disse a denti stretti.

Il segretario aveva seguito lo scambio di battute: non gli era sfuggita l'acredine della Rusconi e l'irritava che

Iole le desse continuamente e ingenuamente motivo per sfogarla.

«Evidentemente questa eccezione la signorina Iride l'ha trovata», commentò col tono di voler chiudere ogni discussione, «visto che ha anche deciso di sposarsela. Vedremo!»

Iride sorrise appena.

«Sì», mormorò tra sé. «Vedrete!»

20.

A metà maggio zia Ortensia tornò a farsi viva per telefono. Spiegò a Iole che il malore che l'aveva colpita in treno si era rivelato poca cosa ma nella caduta che ne era conseguita s'era prodotta una frattura del femore che aveva richiesto l'intervento chirurgico e poi un'ingessatura. L'osso faticava a riparare, doveva stare col gesso ancora un mese, forse di più. A giorni comunque l'avrebbero dimessa.

Iole, anticipando la richiesta di zia Ortensia, si offrì spontaneamente, quando sarebbe venuto il momento, di raggiungerla a Genova e accompagnarla a Rapallo, dove la vecchina avrebbe trascorso la convalescenza assistita da un'infermiera.

«Sei molto cara», disse zia Ortensia. «Mi lasceranno uscire sabato prossimo.»

Iole restò di stucco, non si aspettava di dover partire così in fretta. La prospettiva di quel viaggetto l'entusiasmò e non riuscì a tenere la bocca chiusa. Nel corso della settimana, in ufficio, parlò molto della sua prossima partenza: raccontò a lungo di Rapallo dove avrebbe trascorso il fine settimana, tacendo l'esistenza della zia e il reale motivo che la spingeva in riviera.

Iride, curiosissima, non volle piegarsi a fare domande dirette, indagò di rimessa ma non cavò un ragno dal buco. Iole, alle sue domande, non fece altro che rispondere con vaghezza, alzando le spalle e, quando venne sabato, il mistero del viaggio di Iole era ancora tutto intero.

Iole partì alla volta di Genova sabato mattina con il treno delle cinque e quindici. Zia Ortensia, impaziente di lasciare l'ospedale, l'attendeva nell'atrio.

Andarono a Rapallo in taxi, giungendo a destinazione verso le quattro pomeridiane.

Stante la pubblicità che in ufficio aveva dato a quel viaggio, Iole avrebbe voluto tornare a Bellano con un minimo di abbronzatura. Zia Ortensia però non le concesse requie. Seguitò a parlare e le regalò un'ora di libertà, tra le sei e le sette, con la scusa di una visitina in chiesa.

Fu quello un piccolo sotterfugio che diede a Iole l'agio di effettuare una passeggiata sul lungomare, respirando a pieni polmoni quell'aria così leggera e così diversa da quella di lago, e di camminare per il centro di Rapallo e curiosare tra le vetrine dei negozi, raccogliendo impressioni di cui avrebbe dato conto in ufficio.

Quando ormai scoccava il termine dell'ora concessa, Iole s'imbatté in un negozio di elettrodomestici: parte della vetrina era stata dedicata a Tony Renis. Il suo disco era esposto in numerosi esemplari a disegnare una W. Un cartello avvertiva i curiosi che quello era il vero successo del festival di Sanremo. Dalla copertina del disco Tony Renis sorrideva affabilmente, indossando una magnifica camicia a sbuffi, azzurro mare. Iole rifletté qualche istante, quindi entrò nel negozio, vergognosa ma decisa a effettuare l'acquisto.

Aveva l'impressione che le si leggesse in viso che quel disco era per lei e la cosa la metteva a disagio. Per disorientare la commessa ne chiese due copie e volle che venissero impacchettate separatamente, per simulare due regali. Uscì dal negozio con il prezioso acquisto celato nella borsetta: era felice.

«Ti fa bene l'aria di mare», le disse zia Ortensia quando rientrò. «Hai già cambiato faccia rispetto a questa mattina.»

Iole arrossì. Zia Ortensia non se ne avvide e, ben sistemata sulla poltrona, la gamba ferita allungata su di un mucchio di cuscini, ricominciò a parlare. Parlò dei bei tempi, quando girava l'Europa con il marito violinista: durò fino alle dieci di sera, poi s'addormentò. Iole dovette svegliarla e accompagnarla a letto. Anche Iole andò a dormire ma dormì male, agitata, facendo brevi sogni confusi. Il giorno seguente affidò la zia all'infermiera: lasciò la vecchietta con la promessa di andarla a trovare non appena tolto il gesso. Alle due della domenica pomeriggio si rimise in treno per fare ritorno a casa dove arrivò passata la mezzanotte.

«Nevicava a Rapallo?» le chiese lunedì mattina Iride, incontrandola e vedendola smorta tale e quale.

A Bellano pioveva, sul lago c'erano nuvole basse, per strada pozzanghere, nell'aria umidità: il mese di maggio sembrava svanito nel nulla.

Iole ebbe uno scatto di nervi e fu sul punto di mandare a quel paese la sua collega.

Il viaggio di ritorno era stato una pena, il treno era stracolmo, più di metà tragitto l'aveva passato in piedi. Poi aveva dormito male un'altra notte e infine, quella stessa mattina, aveva constatato che dei dischi acquistati, uno s'era rotto in valigia, l'altro s'era ondulato.

Le due impiegate salirono in silenzio le scale del municipio.

Non appena entrata negli uffici Iole fu chiamata dal segretario: voleva che sbrigasse il più in fretta possibile il lavoro ordinario.

«Ci aspettano le elezioni ormai!» disse con una certa euforia.

Iride fece finta di niente ma quella frase ebbe su di lei l'effetto di una coltellata alle spalle. Allora sorrise e comprese come poteva completare il suo piano di vendetta.

21.

Dopo una settimana di maltempo maggio ritornò portando con sé una temperatura quasi estiva. Sul lago stagnava un permanente velo di foschia che impediva di vedere con chiarezza la riva opposta e l'aria odorava del profumo inerte e monotono dell'estate: una bizzarria meteorologica che aveva amputato la primavera.

Anche Iole fu di questo parere e una sera, considerato che la televisione non offriva nulla di interessante, cominciò a riaprire i cassetti degli indumenti estivi per riordinarli. Era un lavoro che faceva sempre con piacere. Dagli armadi uscivano i profumi degli anni trascorsi e con essi i suoi pochi ricordi. Iole se ne inebriava al punto che sentiva acutamente il rimpianto per quelle stagioni trascorse come se nel loro corso fosse successo qualcosa di importante per la sua vita. A ben guardare non era invece successo nulla, solo tempo passato, ma il fascino di quell'operazione restava intatto.

L'impiegata trascorse un paio di sere revisionando i capi per la bella stagione. Li dispiegò controllandoli uno per uno, mettendo da parte quelli che necessitavano di un colpo di ferro da stiro. Tra gli altri le capitò per mano una camicetta, collo e polsini in pizzo, acquistata in saldo l'anno precedente e mai indossata. Se la strofinò contro la guancia per qualche istante. Rifletté: l'aria era calda, avrebbe potuto metterla il giorno seguente, e così fece.

La mattina, in ufficio, il segretario Restelli era insolitamente euforico. Sembrava che avesse il ballo di San Vito, era incapace di resistere più di qualche minuto sulla sedia; continuava ad alzarsi, faceva due passi e tornava a sedersi.

Aveva dormito tutta la notte, una sola tirata dalla sera alla mattina, senza doversi svegliare per andare in bagno. Era la prima volta da che assumeva le famose pillole: si sentiva finalmente vittorioso sulla prostata.

Non appena vide Iole pimpante nella camicetta che non faceva una piega, pensò di farle un complimento.

«Camicette così non se ne fanno più da un pezzo ormai», disse, «solo le nostre nonne avevano tanto buon gusto!»

Sbagliò misura: sottolineò ciò che già Iole, guardandosi allo specchio poco prima di uscire di casa, aveva sospettato: la camicetta, i suoi pizzi, il colore rosa slavato, le davano un'aria da nonna, da zitella ostinata. Un'aria rinsecchita e grinzosa: le mancava solo di spandere odor di naftalina. Incassò il complimento senza battere ciglio.

«Non la metterò più», rifletté.

Il segretario però era incontenibile. Quando Iride, dopo pochi minuti, fece il suo ingresso negli uffici, ebbe un'altra sparata.

«Ecco la nostra sposina!» gridò.

Fin l'impiegato Troilo si girò a guardare il segretario.

Iride ebbe un lampo di malizia. Restelli sorrise.

«Ho forse fatto una gaffe?» chiese.

Iride strinse le labbra, guardò Restelli e scosse brevemente la testa.

Con la posta del giorno prima, il segretario aveva ricevuto l'invito a nozze della signorina Iride: non poteva certo immaginare che lui solo era stato invitato. Iride aveva inviato a Troilo la partecipazione, a Iole niente.

Un rossore intenso s'impadronì di Iole alla notizia che gli inviti erano già stati spediti: nella mente cominciarono a turbinarle pensieri circa il regalo di nozze. Ebbe la tentazione di dire qualcosa di carino a Iride.

La Rusconi s'era seduta al suo tavolo. Aveva notato lo smarrimento della collega e ne godeva. Fingeva di occuparsi di qualcosa, aveva un viso affilato, teso, altero. Iole la guardò qualche istante e smarrì la voglia di farle un complimento.

22.

A quattro giorni dalla tornata elettorale, il segretario disse che quelle erano le elezioni più rognose che gli fossero mai capitate: augurava a chi le avesse vinte di avere tanti guai quanti quelli che gli erano capitati sulla scrivania. L'inerme uditorio degli impiegati non rimase indifferente alla sua dichiarazione. Troilo, che da solo aveva distribuito tutti i certificati elettorali, si associò al segretario, che intanto era ripiombato nel lavoro.

Altri pensieri occupavano le menti di Iride e di Iole.

La prima era immersa nella contemplazione delle sue nozze. Iole invece si torturava da qualche giorno attorno a un solo pensiero: Iride non l'aveva invitata, non le aveva inviato nemmeno la partecipazione. Troilo, tre giorni prima, le aveva mostrato la sua.

Iole, tranne una cartolina di zia Ortensia che aveva levato il gesso e stava facendo la riabilitazione, non aveva ricevuto altra posta.

L'ipotesi del mancato invito era così diventata una certezza. L'amarezza di Iole era cresciuta giorno dopo giorno: contestualmente erano cresciuti gli errori di battitura, al punto che si meritò, a due giorni dalle elezioni, un aspro richiamo da parte del segretario.

«Con queste bestie di elezioni così vicine lei signorina mi va nel pallone! Cerchi di stare più attenta, non si lasci distrarre da chissà quali pensieri», l'ammonì il segretario. «Le elezioni non aspettano niente e nessuno!»

Il segretario aveva sempre ragione: le elezioni arrivarono.

Il pomeriggio di sabato 6 giugno, presso le scuole elementari, si insediarono i seggi elettorali. Domenica e lunedì, sino alle quattordici, si votò.

In quei tre giorni il segretario Restelli raddoppiò le sue energie e il suo orario di lavoro. Naturalmente raddoppiarono le sigarette e i caffè. Mangiò i cibi più vari negli orari più strampalati. Dormì poco e male. Con una prostata in vena di scherzi non avrebbe potuto reggere il ritmo. La ghiandola invece non diede segni di sé.

Le operazioni di voto si svolsero tranquillamente. I seggi chiusero, le schede furono spogliate. Dell'esito delle elezioni il segretario non s'interessò, attento solo a che la burocrazia elettorale venisse puntualmente rispettata.

Così fu. Il lunedì sera, dopo lo spoglio delle schede di voto e lo smantellamento dei seggi, Restelli era in municipio. Registri, schede votate, nulle, valide e contestate, verbali, matite, biro, perfino il nastro adesivo utilizzato per sigillare le porte dei seggi, tutto il materiale necessario allo svolgimento delle operazioni di voto era stato riconsegnato, insaccato nelle apposite buste previste dal regolamento elettorale.

Il segretario Restelli fece da sovrintendente a quella delicatissima fase. Non si distrasse un secondo. Controllò personalmente le buste, verificò i verbali, i conteggi dei voti fin oltre la mezzanotte. Infine si dichiarò soddisfatto. A lavoro concluso s'era fatta l'una di notte. Il segretario guardò con intima gioia i pacchi di quelle cartacce pronti a partire per la prefettura di Como. Ne aspirò con gusto il forte odore, misto di carta e inchiostro, e sospirò.

«Fino alle prossime elezioni stiamo tranquilli!» disse.

«Non ti illudere. Fra un anno, massimo due, siamo punto e daccapo!»

Aveva parlato, alle sue spalle, il ragionier De Vì, segretario comunale di Dervio. I colleghi lo avevano soprannominato Cenerentola, per la consolidata abitudine di arrivare sempre ultimo e trafelato in ogni cosa. Restelli non gli diede risposta. Preferì annusare ancora un po' l'odore che si sprigionava dalla catasta dei pacchi.

«Ce ne andiamo?» disse poi.

«Così, senza mangiare un boccone?» chiese De Vì.

«E dove te lo danno da mangiare a quest'ora?»

«A casa mia!» rispose De Vì. «Mia moglie due spaghetti ce li fa.»

Il segretario Restelli stette in dubbio solo per un attimo, poi accettò.

La signora De Vì, che da signorina faceva Ceravolo ed era nata dalle parti di Catanzaro, era piccolina, grassoccia, vivacissima. Aveva due baffettini neri che non si curava di nascondere. Salutò Restelli e gli chiese notizie della moglie. Stappò una bottiglia di vino greco e la offrì ai due segretari come aperitivo. Quindi cucinò un'abbondantissima pastasciutta con il peperoncino, la servì in tavola e se ne andò a dormire. De Vì e Restelli la mangiarono tutta, spegnendo il fuoco del peperoncino con un fiasco di vino bianco dei Castelli romani.

Erano le tre del mattino quando Restelli stanco e sazio, rientrò a casa, sorridendo tra sé, soddisfatto e un po' brillo. Della prostata, nei suoi pensieri, non c'era traccia.

23.

A Iole una caffettiera bastava per due giorni: il caffè che avanzava lo riscaldava sino a finirlo. Il martedì postelettorale era giorno di caffè fresco: il suo profumo invase la casa ed evocò nella fantasia dell'impiegata un'immagine da cinematografo, una breve sequenza di un film cui Iole ripensò guardando il lago dalla finestra di cucina. Era un film in bianco e nero, visto qualche anno prima al cinema della Casa del Popolo: l'attrice era Alida Valli, l'attore forse Amedeo Nazzari; nella scena lui le portava il caffè a letto, prima di berlo si baciavano e lei gli si abbandonava docilmente. Rivide il letto a baldacchino e il ciuffo ribelle di lui.

Iole si staccò bruscamente dalla finestra. Aveva finalmente preso la decisione che da giorni meditava: avrebbe fatto il regalo di nozze a Iride. La meschinità della sua collega sarebbe stata così ben ripagata. Spense la radio mentre l'annunciatore leggeva il bollettino dei naviganti.

Elide Restelli l'accese invece, sentendo che suo marito s'era svegliato. Il segretario aveva la bocca impastata, gli occhi appiccicati, la testa confusa. Si sentiva nelle ossa tutta la stanchezza accumulata durante le elezioni. Elide gli chiese se voleva un caffè.

«Bicarbonato», rispose lui, quindi si alzò e andò in bagno.

Nonostante i suoi sforzi non riuscì a orinare. Dapprima gli venne voglia di ridere. S'immaginò in quell'atteggiamento e si trovò ridicolo. Il sorriso non durò tanto. Gli sforzi che continuava a produrre non fecero altro che aumentare il bisogno di orinare: ma acqua non riusciva a farne.

Restelli fece qualche movimento, due passi. Il risultato non cambiò. Cominciò ad avvertire una curiosa sensazione di tensione al basso ventre. Riprovò a orinare una, due, tre volte: nulla.

Chiamò allora la moglie ad alta voce, proibendole di entrare in bagno.

«Cosa succede?» chiese Elide da dietro la porta.

«Non riesco a orinare!» gridò il marito.

«Ma come?»

«Non riesco, non esce niente!» urlò esasperato il segretario.

Lo sforzo gli costò una fitta al basso ventre.

«E allora?» chiese la moglie.

«Cosa devo fare?»

«E che ne so io!»

«Chiamo il dottore», propose Elide.

Il segretario guaì, dolore e paura insieme.

«Non ti muovere, lascia stare il dottore!» gridò.

«Va bene», acconsentì Elide, «sta calmo, non ti agitare. Rimettiti a letto, vediamo di far qualcosa.»

Domenico approvò la decisione della moglie. Ritornò a letto e per qualche minuto gli sembrò di tornare normale. Lo stimolo era impetuoso. La moglie gli aveva portato un vaso da notte. Il segretario provò ma non accadde nulla. Elide ricomparve in camera dopo un quarto d'ora. In mano teneva qualcosa.

«Proviamo con un impacco?» chiese.

Restelli approvò senza parlare. Aveva il viso sofferente. Elide gli mise l'impacco sul basso ventre: malva, salvia, olio di girasole. Dopo un quarto d'ora, al senso di tensione e ai crampi saltuari si unì un bruciore insopportabile. Restelli non diceva niente, sudava ed era pallido. Elide, vedendolo in quello stato, non l'interpellò. Chiamò il medico che si presentò al capezzale del segretario dopo dieci minuti.

«Come andiamo?» chiese il dottor Novara.

Restelli guardò la moglie con occhi di fuoco. Nel frattempo il dottore gli palpò la pancia che era tesa.

«Come la pelle di un tamburo», disse.

Terminata la visita, il dottor Novara guardò negli occhi il suo amico segretario.

«A tirarla qualunque corda si rompe», sentenziò. «Qui c'è una ritenzione acuta di urina. Bisogna mettere un catetere e poi dare un'occhiata alla prostata. Te l'avevo detto!»

«In ospedale?» chiese Restelli.

«E dove vuoi che li facciamo certi lavori?»

Elide aveva già preparato la borsa con un pigiama pulito e altri indumenti intimi.

24.

Il segretario Restelli passò i primi due giorni di degenza ospedaliera immerso in un profondo stupore che lo distaccò da tutto e da tutti: fu un bene perché quasi non si accorse di quello che gli fecero. Passati quei giorni, ritrovò il suo spirito da leone. A dimostrazione di ciò decise, in accordo col sindaco, di continuare, nonostante controlli e visite, a svolgere dalla sua stanza di ricoverato il lavoro di routine.

«Sarà sufficiente far venire qui in ospedale tutti giorni un impiegato con le cose da vedere, firmare, correggere e quant'altro», disse, «così mi sembrerà di essere meno malato.»

Scartato per quel compito Troilo, che tendeva a perdere troppo tempo in vaghi giri quando si trovava fuori dalle mura dell'ufficio, il ruolo di tramite tra ospedale e municipio venne ballottato tra Iride e Iole.

La Rusconi, interpellata per prima, rifiutò di prestarsi a quel lavoro straordinario e non pagato.

«Devo pensare alle nozze, alla casa. Proprio non posso», disse.

Iole invece disse subito di sì.

La prima volta che andò in ospedale, il segretario sdraiato nel letto le fece un'impressione fatale: le parve infatti come non l'aveva mai visto prima, un uomo come tutti, passibile di malattia e altro, non più il severo, incrollabile capufficio cui era abituata.

Uscì dall'ospedale con un groppo alla gola.

Restelli comprese il turbamento dell'impiegata. Il giorno seguente infatti la ricevette in piedi, con indosso una veste da camera. Non l'aggiornò sui controlli medici e invece le pose secche domande concernenti il lavoro d'ufficio: infine parlò del futuro, del dopo ospedale, quando sarebbe rientrato al suo posto.

Iole se ne andò risollevata e prima di uscire passò nella piccola cappella del nosocomio per accendere una candela.

Continuare il lavoro nonostante fosse in ospedale fu, anche a detta del professor Crusardi, una sorta di medicina per il segretario. Tanto che, a distanza di soli quindici giorni dal ricovero, il primario disse a Restelli che nel giro di tre o quattro giorni l'avrebbe dimesso.

«Il tempo di vedere gli ultimi esami», comunicò il Crusardi. «Ciò non toglie che la sua prostata vada tolta!»

«Proprio?»

«Assolutamente», confermò il professore.

«Quando?»

«Possiamo far passare l'estate, il caldo. Sempre che lei si faccia controllare ogni quindici giorni e osservi certe precauzioni.»

Il segretario fece due calcoli.

«Allora in settembre.»

«Settembre può andare bene», confermò il professore.

«E per quanto ne avrò?»

«Tra operazione e convalescenza un mese e mezzo, forse due. Dipende da come vanno le cose, soprattutto il recupero dopo l'intervento.»

Ci voleva, rifletté Restelli, il tempo che dura un'elezione, dalla convocazione dei comizi alla proclamazione dei vincitori.

«Uno in meno a mangiare!» commentò Iride, apprendendo che l'intervento del segretario era programmato in settembre e che quindi non l'avrebbe avuto alle nozze. Iole glielo sentì ripetere una decina di volte nel giro di due giorni. Iride si rivolgeva all'ignaro Troilo ma con un tono di voce sufficiente a farsi sentire sin nei corridoi del municipio. Tutta quella volgarità rafforzò in lei la decisione di fare alla collega un regalo per le nozze: ma non un regalo usuale, corrente. Doveva essere qualcosa di esclusivo, munifico, particolare. Un regalo che racchiudesse in sé l'idea di un magnanimo perdono e insieme quella di una superiorità intellettuale incolmabile.

Un regalo che nelle vetrine dei negozi di Bellano forse non esisteva.

25.

Iole non aveva mai patito granché il caldo, secca com'era. Tuttavia i primi giorni di luglio sfiancarono anche lei. Faticava ad andare avanti e indietro dall'ospedale, anche tre o quattro volte al giorno, con sottobraccio delibere e documenti da sottoporre al segretario. In quei giorni infatti l'umidità aveva toccato l'ottantacinque per cento. Sul lago era calata una spessa cappa di foschia e sotto questa cappa la superficie dell'acqua si muoveva con piccole onde indolenti. Le brezze pomeridiane non facevano altro che spingere aria calda da una parte all'altra e solo verso sera, quando dalle vallate calavano i montivi, soffiava sul paese un poco di aria fresca: allora la piazza e il lungolago si animavano.

Iole si guardò bene dall'esternare a chicchessia la sua stanchezza. La sua abnegazione fu in qualche modo premiata perché fu proprio tornando da uno di quei viaggi dall'ospedale che incrociò, nella principale contrada di Bellano, il regalo che stava cercando. Lo vide esposto nella vetrina dell'unica cartolibreria del paese: era una lussuosa edizione della *Divina Commedia,* con rilegatura in pelle, titoli impressi in oro, tre volumi in cofanetto. Sino a quel momento Iole aveva vagliato ogni specie di regalo; bicchieri, piatti, vasi, spremiagrumi, tazzine: tutti regali senza personalità. Quello invece, un capolavoro della letteratura, aveva le caratteristiche giuste: era diverso, superiore, avrebbe obbligato Iride a pensare.

Entrò in libreria, chiese di vedere l'opera. Il libraio sulle prime si disorientò, poi capì. Iole palpeggiò per qualche minuto il cofanetto, lo soppesò, ne aspirò il forte odore di cuoio.

«Guardi pure con comodo», le disse il libraio. Ma Iole non aveva bisogno di guardare, la sua decisione era presa.

Fece togliere il cartellino col prezzo, che era considerevole. Pretese un pacchetto elegante e promise che sarebbe passata a ritirarlo nel pomeriggio. Ma sulla porta del negozio ci ripensò. Fece dietrofront e chiese al padrone se poteva effettuare la consegna a domicilio, anche il giorno stesso, non aveva senso aspettare.

Il libraio accettò, con un modico sovrapprezzo. Iole allora scrisse un biglietto da allegare al regalo e se ne andò, assolutamente soddisfatta.

Quello stesso giorno, verso sera, il libraio consegnò alla promessa sposa il regalo di Iole, debitamente corredato dal bigliettino. L'uomo si presentò a casa di Iride con in mano il pacco dei libri e un viso che voleva essere di circostanza: il rossore delle gote e del naso denunciava una leggera ebbrezza. Iride prese il pacco e nemmeno ringraziò.

«Regalo di nozze!» disse l'uomo. La porta però gli era già stata chiusa in faccia. Non se la prese: la pesantissima edizione della Divina Commedia intralciava la sua vetrina da quasi tre anni, l'averla finalmente venduta, a prezzo aggiornato, lo ripagava di qualsiasi maltrattamento.

Iride, appena chiusa la porta, soppesò il pacco e lo giudicò troppo pesante, in così poco volume, per essere un regalo utile. Ne grattò la carta e sbirciò la natura del regalo: vide libri.

«Libri?» si chiese, sorpresa. Guardò meglio: libri, e sorrise.

Chi poteva essere così stupido da regalare libri in occasione di un matrimonio? Non si diede la pena di scartare completamente il pacco. Lo appoggiò distrattamente da qualche parte. Strappò il biglietto che lo accompagnava e lesse. «Con i più sinceri auguri, Iole e... Dante».

«Iole!» esclamò.

«Poco elegante davvero», rifletté. «C'era da aspettarselo!»

«D'altronde», concluse tra sé, «da una rapa non si può cavar sangue.»

Rilesse il bigliettino e sorrise: quel Dante, chi era?

26.

Quando il segretario Restelli venne dimesso dall'ospedale l'estate era nel pieno del suo breve e intenso ciclo. Il professor Crusardi gli proibì di riprendere il lavoro, cosa che Restelli si era aspettato al punto da aver già chiesto al collega De Vì di sostituirlo tre giorni alla settimana, fino alla sua ripresa. La moglie Elide, per parte sua, aveva tempestivamente organizzato una vacanza di tre settimane ad Arco di Trento, con il beneplacito del professore: a Restelli non restò che obbedire.

Il suo primo giorno di libertà il segretario lo passò tappato in casa a boccheggiare, ancora stordito e incapace, dopo tanto ospedale, di riprendere i ritmi della vita quotidiana. Il secondo, vigilia della partenza per Arco, pretese che la moglie lo accompagnasse in municipio: voleva dare un'occhiata al piano delle ferie dei suoi impiegati.

«Sarà una grana in meno per De Vì», spiegò.

Alle ferie dei dipendenti in realtà diede solo una superficiale occhiata: piuttosto quell'ispezione in ufficio gli servì per fare il pieno dell'aria odorosa di carta che regnava in municipio e per godersi la vista di quel luogo che aveva più caro della sua stessa casa. Con gli impiegati scambiò quattro parole di circostanza e uscendo augurò a tutti buone ferie. Così, uno dopo l'altro, gli impiegati partirono per le vacanze.

Per primo se ne andò il messo Troilo che partì il 5 e rientrò il 22 luglio. Passò una settimana all'alpe di Paglio con la moglie, facendo passeggiate, qualche colazione al sacco in vetta al Cimone e stringendo una superficiale amicizia con una coppia di sposini brianzoli. Il resto del tempo, mentre sua moglie era andata a Gravedona a passare qualche giorno con la madre, Troilo lo impiegò rinnovando la tappezzeria di casa e ridipingendo le persiane. Rientrato in ufficio, Iride gli chiese come aveva passato le ferie: Troilo, a mo' di commento, le rispose che all'Alpe di Paglio la «Gazzetta dello Sport» non arrivava.

Dopo Troilo toccò a Iole, che aveva ferie fino al dodici di agosto, dovendo recuperare alcuni giorni dell'anno prima.

Iole aveva aspettato fino all'ultimo che zia Ortensia l'invitasse a Rapallo: una settimana di mare l'avrebbe fatta volentieri. Ma dalla zia non ebbe notizie o inviti. Di chiamarla per farsi invitare non se la sentì e così fece, come tutti gli anni, ferie domestiche.

Dedicò molta parte del tempo alle grandi pulizie. Nelle prime ore del pomeriggio, le più calde, fece brevi passeggiate, bevendo un caffè seduta ai tavolini del bar Centrale e scambiando qualche chiacchiera col gestore o sua moglie. Uscì solo la sera di San Nazaro e Celso, patroni di Bellano, per assistere al concerto del corpo musicale bellanese, fece quattro visite al cimitero e due escursioni fino all'alpe di Giumello, dove i ricordi della gioventù l'assalirono.

L'ultimo giorno di ferie patì un attacco di emicrania. Durante tutto quel tempo non ricevette alcuna telefonata. La mattina del tredici agosto fu ben lieta di riprendere il lavoro e non riuscì a nascondere a Iride, che aspettava settembre per attaccare alle ferie la licenza matrimoniale, di essersi infinitamente annoiata.

La calura estiva stava vivendo una sorta di seconda giovinezza, ma ormai il conto alla rovescia era già cominciato: Ferragosto passò sotto una cappa opprimente ma il giorno seguente, con precisione matematica, un temporale coi fiocchi sbaragliò afa e umidità. Nel giro di tre, quattro giorni, i platani cominciarono a perdere le prime foglie ingiallite, la temperatura si abbassò di una decina di gradi e la piazza si svuotò di turisti e villeggianti. L'estate, ancora una volta, era finita, Iole se ne rallegrò: pensava che l'autunno, meno frenetico, fosse la stagione più adatta al suo carattere.

Infine, il 20 agosto, fece il suo ritorno in ufficio anche il segretario Restelli: un breve ritorno, settembre era alle porte e il professor Crusardi, bisturi in mano, lo aspettava per sistemare una volta per tutte la sua prostata. Il segretario aveva paura: non volle darlo a vedere ma passò quei pochi giorni di lavoro chiuso in un silenzio cupo. Iride non vi fece caso, Troilo era troppo impegnato a studiare le formazioni del campionato che stava per cominciare. Solo Iole ne condivise le ansie, ma discretamente, trovando solo il giorno prima del ricovero il coraggio di fare al suo capufficio gli auguri di rito.

27.

Il primo di settembre, verso sera, il segretario Restelli, mestamente, si ricoverò. Il professor Crusardi, che partecipava alle ansie del suo paziente, gli tenne compagnia fino alle ventidue quando, mercé un sedativo, Restelli piombò nel sonno. Anche la moglie Elide lo lasciò a quell'ora: tornò a casa col magone, passò una notte insonne e la mattina seguente andò in chiesa a pregare. Fu anche tentata, dopo la messa, di accendere un cero, ma si trattenne: le sembrò un gesto funebre, malaugurante. La giornata passò con una lentezza snervante: Elide, a casa, non riuscì a combinare nulla, suo marito in ospedale fece gli ultimi accertamenti e il giorno seguente, 3 di settembre, venne finalmente operato: nel giro di un'ora e mezza venne liberato dell'ipertrofica ghiandola che gli aveva avvelenato la vita nel corso degli ultimi mesi. L'operazione, condotta dal professor Crusardi, scivolò via senza intoppi, iniziò alle dodici ed ebbe termine poco dopo le due del pomeriggio.

Elide Restelli, dopo tanta tensione, passò quasi tutto il pomeriggio a piangere, tanto che una sua vicina decise a un certo punto di chiamare il dottor Novara, che le prescrisse un blando sedativo.

Elide assunse senza proteste le amare gocce prescritte dal medico e dopo nemmeno mezz'ora era stesa sul letto, immersa in un profondissimo sonno ristoratore.

Dal giorno seguente il tempo riprese ad avere la sua marcia normale: il segretario, il giorno successivo all'intervento, cominciò a chiedere quando l'avrebbero dimesso: di contro Elide e il professor Crusardi lo invitavano continuamente alla calma e a usare un minimo di raziocinio. Tuttavia, secondo il professore, quell'impazienza era buon segno: a suo giudizio il malato sarebbe presto guarito completamente.

In municipio, assente il titolare e con quel De Vì che arrivava sempre trafelato all'ultimo momento, il ritmo del lavoro s'era annacquato. La sola Iole cercava di non venir meno alla dignità del suo essere dattilografa: batteva a macchina per lunghe ore, lentamente per non correre il rischio di restare senza lavoro.

Troilo e Iride stavano facendo la pacchia: uno incollato dalla mattina alla sera alla «Gazzetta dello Sport», l'altra sempre più invaghita delle sue nozze ormai prossime. La Rusconi esibiva un perenne sorrisetto da smorfiosa, capiva a stento le cose che i colleghi le dicevano, a volte bisognava che le ripetessero le domande.

Iole si guardò bene dal chiederle se aveva gradito il regalo, sarebbe stato inutile: la sua soddisfazione, si ripeteva, era tutta compresa nell'essersi comportata signorilmente.

28.

Di servizio in comune, il sabato delle nozze di Iride, rimase il messo Troilo. Non sentì le campane che suonavano a festa perché era immerso nella lettura della «Gazzetta». Iole quelle campane non le voleva sentire. Lasciò la radio accesa sinché la vicina picchiò sul muro per avvisarla che il volume era eccessivo. Quindi disfece il letto, batté il materasso, si fece un bagno. Lo scampanio la raggiunse ugualmente, mentre era in cucina intenta a prepararsi una frittata. Erano le undici e trenta: persa la battaglia contro le campane, Iole rovesciò la frittata nel lavandino, corse in camera e si distese sul letto. Il suono delle campane entrava nella stanza limpidamente e per uno strano gioco sembrava dotato di un'eco solenne. L'impiegata allora chiuse gli occhi e cedette di schianto alla fantasia che aveva più volte ricacciato: s'immaginò vestita da sposa.

Anche il segretario Restelli ebbe un vago sentore di campane che suonavano: poiché gli stavano cambiando il catetere — per l'ultima volta a detta dei medici dopodiché ne avrebbe fatto a meno — non prestò attenzione alla poesia del loro suono né si ricordò delle nozze di Iride. La sposa, dal canto suo, non ebbe il minimo pensiero né per il municipio né per i colleghi: la cerimonia e lo stuolo degli invitati la tennero costantemente impegnata e in allarme. Temeva infatti che i parenti di Eugenio, gente semplice, di poca etichetta, travalicassero il limite dell'allegria ed ebbe ragione. Durante il pranzo nuziale i parenti, tutti, senza distinzione, si lasciarono andare a ogni sorta di scherzo, con preferenza per quelli carichi di sottintesi volgari. Iride sopportò e insieme con Eugenio abbandonò la compagnia verso le sei del pomeriggio, adducendo a pretesto il solito mal di testa. Fu, questo, motivo per le ultime, pesantissime allusioni.

Gli sposini partirono per la luna di miele il giorno dopo le nozze. L'itinerario era stato pensato da Iride: l'aveva desunto da uno di quei romanzetti che leggeva in ufficio. Venezia, la prima tappa, fu funestata da una cistite banalissima che colpì lo sposo e che fece temere a Iride una vendetta a distanza del segretario Restelli. Nella città dei Dogi gli sposi videro ben poco e non consumarono il matrimonio.

Si godettero invece Firenze e Siena. Infine trascorsero quattro giorni a Massa, un'idea di Iride che voleva tornare dal viaggio abbronzata.

Mentre Iride si crogiolava sotto i raggi di un già pallido sole, il segretario Restelli venne dimesso dall'ospedale. A giudizio del professor Crusardi un paio di settimane alle terme di Fiuggi gli avrebbero giovato. Restelli acconsentì ma chiarì che quella era l'ultima imposizione che avrebbe accettato: passato Fiuggi avrebbe ripreso senz'altro il lavoro.

Settembre, intanto, correva verso la fine. Le sue giornate avevano un che di malinconico, l'aria manteneva un vago sapore d'estate, la temperatura era mite. Il cielo, verso sera, si infiammava di tramonti multicolori: era come un fuoco su cui fosse stata gettata l'ultima legna; ben presto si sarebbe spento per lasciare posto al cielo, cupamente uniforme, di un altro inverno.

Sul finire del mese Iride riprese servizio, esibendo una faccia comicamente altezzosa: sembrava volesse dire «Io ho girato il mondo mentre voialtri ve ne siete stati qui». Recitò quella commedia per un paio di giorni poi diede via libera alla sua lingua e alluvionò l'ufficio con la puntigliosa narrazione di ogni ora del viaggio di nozze.

Quando Iride completò il diario del suo viaggio con la tappa del rientro il messo volle commentare.

«Da come racconti», disse, «sembra che li abbiano costruiti apposta per te i posti che avete visto.»

Non c'era malizia nel commento ma Iride, che la praticava quotidianamente, volle sospettarla e si ritenne offesa.

Iole aveva seguito il resoconto del viaggio facendo di tanto in tanto domandine pertinenti e commenti garbati. Evidentemente, ragionò Iride, non c'era traccia di risentimento nell'animo della sua collega per il mancato invito a nozze. La cosa le piacque, perché una domanda le bruciava sulla punta della lingua e non vedeva l'ora di farla.

29.

Il 31 ottobre, giornata del risparmio, il comitato della Croce Rossa piazzò nel cortile del palazzo delle elementari un gigantesco salvadanaio con la scritta «per i bambini poveri dell'Africa»: nelle intenzioni della presidentessa del comitato Annita Crusardi e del direttore delle elementari, l'iniziativa doveva sensibilizzare gli scolari ai problemi del terzo mondo e spronarli a dare qualche piccolo risparmio per i loro coetanei che morivano di fame. Le maestre erano state invitate a dedicare parte della mattinata a illustrare le condizioni di vita in quei luoghi remoti. Per i ragazzi di quinta era pronta una lunga serie di impressionanti diapositive.

La giornata era pulita, l'autunno all'apice del suo splendore, l'aria odorava appena di muschio. Iole uscì un po' prima di casa per godersi il paesaggio e, davanti alle scuole, si fermò a chiacchierare con la Crusardi che aveva presenziato alla messa in posa del salvadanaio; informata delle finalità dell'operazione, lasciò cadere una moneta nel mostruoso forziere e si allontanò protestando di essere già in ritardo.

Iride se ne stava appoggiata al muro del municipio, di lato al portone d'ingresso. Iole da lontano la vide e capì che la stava aspettando: forse voleva riprendere il filo della confidenza che le aveva unite sino a poco prima delle nozze, e quando le propose di andare a bere un caffè Iole, considerato che mancava ancora un quarto d'ora all'inizio del lavoro, rispose di sì con un tono aperto in cui non c'era traccia di rancore. Iride si avviò verso il bar sculettando.

Iole ammirò la bella gonna, verde pisello, a pieghe, che la sua collega indossava.

«L'ho presa a Firenze», l'informò Iride. «Starebbe bene anche a te!»

La dichiarazione lasciò di stucco Iole. Ma Iride non si fermò lì. Fu insolitamente complimentosa, gentile: una gentilezza ruvida, da principiante, ma Iole lasciò fare. Sorrise tra sé per quelle manovre, ma non poté trattenere lo stupore quando Iride dapprima insisté per pagare le consumazioni, poi le pagò veramente.

«Qui c'è sotto qualcosa!» pensò.

Iride non stava zitta un momento. Parlottava quando uscirono dal caffè e mentre salivano verso gli uffici. A metà del corridoio ebbe un significativo silenzio.

«E adesso?» pensò Iole.

Chiuse un istante gli occhi e annusò l'aria: c'era un lieve odore di fogna, lo stesso che aveva percepito il suo primo giorno di lavoro in municipio e che era il suo ricordo più antico. Era ottobre anche allora, col lago basso e le fogne scoperte. Iride la distolse dai pensieri, si ingobbì verso di lei. Sulla punta del naso aveva una macchia di caffè. Strinse le labbra.

«Io», disse, «ti devo ancora ringraziare per il regalo.»

«Oh», fece Iole, «sciocchezze!» e fece la mossa di avviarsi.

«Ma, scusa se sono indiscreta», riprese velocemente Iride per trattenerla.

Iole si fermò.

«Perché?» chiese.

«Si può sapere chi è questo Dante?»

Iride fece un sorriso complice dopo aver sparato la domanda. Iole fu certa di non aver compreso.

«Chi?» chiese.

«Quel Dante che ha firmato con te il biglietto!»

Iole si confuse, cercò di parlare. Invece fece l'unica cosa che non doveva: arrossì. Iride, vedendola in imbarazzo e non sospettando altro, si animò: credette di aver colpito nel segno, non mollò la presa.

«Rapallo eh?» chiese.

«Ma no...» tentò di opporsi Iole.

«Non si può proprio sapere?»

Iride le si era stretta addosso. Iole fu lì lì per dirle che quel Dante altri non era che l'Alighieri, l'autore dell'opera che lei evidentemente non aveva nemmeno degnato di uno sguardo, che forse aveva buttato. Quella firma era uno scherzo, una piccola malizia per farle intendere che il regalo era di tono, diverso.

Iride la fermò con un gesto della mano.

«Se non me lo puoi dire adesso me lo dirai più avanti», concesse.

Poi le diede un colpetto d'intesa col gomito e s'avviò alla volta degli uffici.

Iole restò impalata nel corridoio, senza saliva in bocca.

30.

Il segretario Restelli fece sapere che, non appena passate le feste dei Santi, sarebbe rientrato in comune. All'ultimo controllo il professor Crusardi l'aveva trovato completamente guarito.

«Naturalmente», aveva detto il professore, «lei dovrà continuare a seguire certe precauzioni, certe regole di vita. Sarà difficile ma dovrà impegnarsi a farlo.»

Il segretario aveva sorriso.

«Professore mi guardi», aveva ribattuto, «le sembro uno che disubbidisce? In tre mesi ho perso quindici chili, non bevo più caffè, quasi non fumo. Quando alla mattina mi guardo allo specchio quasi non mi riconosco!»

«Lei deve sentire di star bene», aveva concluso lapidario il Crusardi. «Li lasci alle donne gli specchi!»

Rientrò in comune il 5 novembre, una mattina uggiosa, umida e sonnolenta. Non si concesse molto alla curiosità e ai complimenti dei suoi dipendenti: aveva fretta piuttosto di riprendere in mano le redini del lavoro e di capire se qualcuno avesse approfittato della sua lunga assenza. Nel giro di un'oretta l'atmosfera dell'ufficio tornò a essere quella di sempre: non sembrava che Restelli fosse stato lontano per tutti quei mesi. O forse, quel lungo periodo trascorso lontano dall'ufficio aveva indebolito la capacità del segretario di avvertire le tensioni segrete che aleggiavano, perché Iride, proprio quel giorno, era ben decisa a soddisfare la sua curiosità: sferrò l'attacco decisivo alla reticenza di Iole mentre entrambe uscivano per la pausa di mezzogiorno. Assunse un tono duro, di quelli che non ammettono repliche.

«Io ho capito che qui c'è sotto qualcosa, un segreto, un uomo! Perché non mi racconti niente?»

Iole al solito arrossì e fu tentata di allungare il passo e scappare. Iride, previdente, l'anticipò: la prese sottobraccio e se la strinse addosso.

«Di dov'è questo Dante?» le sussurrò all'orecchio.

Iole la guardò di sotto in su: si sentiva disarmata, indifesa, nuda.

Deglutì più volte senza riuscire a parlare. Il sorriso con cui Iride la guardava, attendendo una risposta, era carico di malizia, nei suoi occhi Iole lesse il segreto delle notti che passava col marito. Pensò al suo letto per metà vuoto, arrossì ancora, si sentì le gambe molli.

Iride, certa di aver vinto, cominciò a canticchiare la canzone di Tony Renis. Iole sospirò, non diede alcuna risposta a Iride ma cominciò immediatamente a immaginare come poteva essere fatto il suo Dante.

31.

Fu un lavoro semplice, un gioco di fantasia piacevole cui Iole si dedicò anima e corpo come se da lungo tempo avesse in animo di costruire l'uomo per lei e non avesse aspettato altro che un ordine per farlo. Per qualche giorno visse in quella dimensione astratta, incurante del lavoro, del tempo e di tutto quello che le capitava intorno. Passeggiò in quella fantasia come una bambina in un giardino di giochi e più di una volta si sorprese a parlare tra sé. Sinché, bruscamente, quella cataratta che le velava lo sguardo cadde e una mattina si ritrovò davanti allo specchio della sua camera, un ovale incastrato nell'armadio dei vestiti. Dante era stato creato: bello, quarantenne, genovese, fumatore, geometra, conosciuto a Rapallo grazie a zia Ortensia. Lo specchio le rivelò una brusca verità: lei era smorta, aveva una faccia sbattuta, l'eterno scialletto sulle spalle, la camicia da notte allacciata sino al collo a coprire i seni piccoli e flosci, i capelli scomposti. Che ci stava a fare un uomo così bello vicino a lei?

Ricacciò la puerile tentazione di fracassare lo specchio ma provvide immediatamente a modificare Dante: lo fece meno bello, in compenso molto elegante. Restava alto, nero di capelli, con un profilo latino, largo di spalle e stretto in vita. Ci voleva qualche difetto e Iole, con indulgenza, gliene trovò due: piedi piccoli e il vizio di mangiarsi le unghie. Ormai, rifletté, poteva dirsi quasi pronta a rispondere a tutte le curiosità di Iride che, come un martello pneumatico, non lasciava passare un giorno senza tampinarla con domande pertinenti e a volte maliziose.

Ma proprio in quei giorni, Iride cominciò a mostrare meno interesse al suo segreto: iniziò a non schiacciarle più l'occhio. Poi perse l'abitudine di attenderla davanti al portone del municipio. Quindi non le chiese più, con tono insinuante, che tempo facesse a Rapallo.

Infine tralasciò di informarsi su «quando, dove e quante volte in una notte», domanda che Iole, pur arrossendo, prediligeva nel suo intimo perché le faceva sognare estasi mai conosciute.

Iole non si meravigliò dei silenzi della collega: attribuì il disinteresse a una delle lune che di tanto in tanto prendevano la Rusconi e che prima o poi sarebbe tramontata. Si dispose ad attendere a sua volta ma la cosa andava per le lunghe: sotto gli occhi di Iride comparvero due occhiaie buie, il suo viso impallidì, dava segni di preoccupazione.

Finché una mattina Iride si alzò dalla scrivania dicendo di star male e chiese al segretario il permesso di andare in bagno accompagnata da Iole. Si trattava di un semplice accesso di nausea. Iole comprese le ragioni di quel malessere e di quella faccia: senza trarne alcuna gioia, Iride era incinta.

«Non avete davvero perso tempo», commentò.

Iride era scura in viso.

«Gli avevo detto che per due anni almeno non ne volevo sapere. E invece guarda qua!»

Iole asciugò la fronte della collega con una pezzuola umida. Cercò di spiegarle i lati positivi dello stato in cui si trovava. Iride non volle sentir ragioni.

«Parli facile tu», rispose, «perché ti va tutto bene!»

Quindi si appoggiò al muro dei servizi e, ancora pallida per la nausea, disse:

«Ma insomma, non mi vuoi proprio dire chi è questo Dante, di dov'è, dove l'hai conosciuto?»

Iole, al solito, arrossì senza rispondere.

«Proprio no?» insisté Iride.

«Non adesso», rispose dolcemente con un filo di voce.

Iride, che aveva ripreso fiato e colore, sorrise.

«Non pensavo che si potesse essere tanto gelose di un uomo», affermò, «coi bei servizi che ti fanno», e s'indicò la pancia.

«Sarà utile che tu stia a casa qualche giorno, per riposare», le suggerì Iole sulla porta dei servizi.

«Ma appena ritorno...» disse Iride.

«Ti racconterò tutto», promise Iole.

32.

Come non essere gelosa di un uomo così?

L'osservazione di Iride tornò a galla nei pensieri di Iole due giorni dopo, alla sera, dopo cena. Lei, a buon diritto era gelosa di Dante: ma Dante che motivi aveva per essere geloso di lei?

Uno starnuto interruppe il corso dei suoi pensieri. Pioveva con insistenza dalla mattina e, tornando a casa dall'ufficio, s'era bagnata i piedi. Aveva cenato con caffelatte e fette biscottate, poi aveva guardato la tivù, un film, *Sangue e arena*, con Tyrone Power. Era stata la vista del bellissimo torero a ricordare l'osservazione di Iride circa la gelosia.

Dopo aver spento il televisore, Iole si piazzò davanti allo specchio ovale. Si guardò severamente per lunghi istanti. Poi, una volta terminato l'esame decise che con un poco di attenzione e cura per la propria persona avrebbe potuto essere più interessante e ridurre le distanze tra sé e Dante: forse sarebbe anche riuscita a ingelosirlo un po'.

Si pose un programma: un po' di ombretto, una passatina di fondotinta, il parrucchiere una volta alla settimana, la manicure, un profumo nuovo.

Il giorno seguente Iole, prima di andare in ufficio, passò da casa di Iride per vedere come stava. S'era appuntata sulla camicetta un magnifico cammeo, ereditato da sua madre. Iride, che s'era ripresa, notò la civetteria e non perse l'occasione.

«Arriva Dante?» chiese.

Iole arrossì.
«Perché?» domandò.
«Vedo che hai tirato fuori i gioielli», chiarì Iride indicando il cammeo.
«No», rispose Iole. «Non oggi!» spiegò mentre un calore tutto particolare la invadeva.
Per qualche giorno il tempo continuò a essere brutto: piovigginava un'acqua continua e impalpabile, noiosa.
Fu durante quei giorni che Iride perse il bambino. Dovette essere ricoverata in ospedale dove restò per una settimana. Quando venne dimessa rifiutò il consiglio del ginecologo di fare altro riposo e riprese immediatamente il lavoro. Era tornata quella di prima, pressante e indiscreta: non mostrò di patire alcun turbamento per quello che le era appena capitato.
Il messo Troilo e il segretario per alcuni giorni dopo il suo rientro la trattarono da convalescente qual era, evitandole fastidi per quanto possibile. Solo Iole non si adeguò: sapeva quanto poco la collega avesse desiderato quella gravidanza.
Cinicamente, riflettendo sul fatto, concluse che a volte i desideri si realizzano: non tutti, però, o perlomeno non quelli di tutti. Infatti, senza che lei lo desiderasse minimamente, il 4 dicembre, alle sette del mattino, zia Ortensia le telefonò: anzi, com'era costume della vecchina, fece telefonare al portiere.
Iole stava ancora dormendo: la cadenza genovese le fece sembrare ubriaca la voce del portiere. Iole non ebbe tempo di proferire parola tanto l'uomo dall'altra parte del filo fu telegrafico: zia Ortensia era in viaggio, sarebbe arrivata alle dodici di quello stesso giorno.
Iole, deposta la cornetta, impallidì per il dispetto. Quel giorno aveva il primo appuntamento col parrucchiere. Da una settimana viveva nell'attesa di quell'avvenimento: non le restava che telefonare e disdire.
Non avrebbe saputo concepire un risveglio peggiore:

immaginò un Dante che fuggiva lontano da lei: si faceva sempre più piccolo, un puntino nero, sino a scomparire. Ormai nessuno poteva fermare zia Ortensia, né lei poteva negarsi, lasciandola al suo destino.

La concitazione con cui visse quell'avvio di giornata le procurò un intenso rossore al viso e un leggero tremore alle mani. Non fu in grado di combinare nulla, nemmeno di farsi il caffè. Perse solo tempo e arrivò in ufficio con qualche minuto di ritardo.

Il rossore delle sue gote, la luce stizzosa che brillava nei suoi occhi misero immediatamente Iride sul chi va là. La collega la tenne sotto stretto controllo: Iole si affannava inutilmente alla macchina da scrivere. Era evidente che continuava a commettere errori di battitura mentre le stanghette delle lettere si incastravano una nell'altra a ripetizione. Si guardava spesso le mani, gettava rapide occhiate all'orologio dell'ufficio. Non poté farle domande, ma Iride aveva già tirato le sue conclusioni.

Verso le dieci del mattino Iole si alzò, incrociò lo sguardo curioso di Iride, poi si mosse alla volta del segretario. Iride si mise in posizione di ascolto: piegò la testa verso la scrivania di Restelli, chiuse il viso in una smorfia tesa. Iole si fermò a mezzo metro dalla scrivania del capufficio. Tossicchiò e ottenne che il segretario la guardasse.

«Mi dica.»

«Necessiterei di due ore di permesso per oggi», sillabò Iole.

Il segretario soppesò la richiesta.

«Per quale motivo?»

Un rossore intenso dilagò sul viso di Iole, dal collo verso il viso e le orecchie: le si inumidirono gli occhi. Iride vide tutto quel rossore e non ebbe più dubbi.

«Mi viene a trovare un parente», balbettò, «una vecchia zia. Arriverà col treno delle dodici.»

Il segretario aveva già ripreso il suo lavoro.

«Va bene signorina, vada pure!» disse.
Iole tornò al suo tavolo: prima di uscire Iride fece in tempo a schiacciarle l'occhio.

33.

A Iride pareva di friggere. Nei muscoli, soprattutto in quelli della lingua, aveva corrente elettrica. Per qualche minuto maltrattò uno stato di famiglia che aveva sul tavolo. Guardò Troilo, chino su chissà quali faccende con una faccia da tonto. Anche il segretario era profondamente immerso nel lavoro.

Possibile, si chiese, che nessuno dei due sospettasse qualcosa?

Si alzò allora, determinata ad agire. Con lo stato di famiglia si avvicinò alla scrivania del segretario, gli tese il foglio. Restelli lo prese, lo guardò e firmò. Iride non ne poteva più.

«Non è un parente!» sbottò.

Il segretario alzò gli occhi sull'impiegata, poi tornò a guardare lo stato di famiglia: credeva che l'affermazione di Iride si riferisse al certificato, a qualche irregolarità.

«Chi non è parente?» chiese.

Iride sospirò, si chinò verso il segretario.

«Non mi riferivo allo stato di famiglia.»

«Ah no?»

«No!»

«E allora a chi?»

Iride avvertì una piacevole sensazione di rilassamento: i muscoli si scioglievano, tutto il sangue del suo corpo era nella lingua: il segretario attendeva.

«Se si può sapere», disse.

Iride fece un sorrisetto. Con una vocetta fessa disse:

«Mi riferivo a Iole.»

«La signorina Iole? Che c'entra?»

Anche il segretario aveva abbassato il volume della voce.

«C'è qualche segreto?» chiese.

«Ma no, che segreto, lo sanno tutti», mentì Iride. «Quello che arriva oggi in treno.»

«Sì?»

«Ecco, non è un parente!»

«E chi è?»

«Per carità non lo dica a nessuno. È un uomo, si chiama Dante!»

«Ma se lo sanno tutti, perché non dovrei dirlo a nessuno?» osservò il segretario.

«Sono cose intime, private. Dante è il fidanzato di Iole. Si conoscono da almeno tre anni», mentì ancora Iride.

Una rauca risata salì dal tavolo del segretario. Troilo si girò a guardare: sgranò gli occhi e sorrise a sua volta, per simpatia, con il capufficio.

«E brava la nostra Iole», disse Restelli. «Chi l'avrebbe mai detto!»

Iride si raccomandò al segretario.

«Ma se lo sanno tutti», obiettò ancora Restelli.

L'impiegata fece un gesto come per dire che erano cose che comunque meritavano discrezione. Il segretario promise omertà.

«Se me lo dirà fingerò di cadere dalle nuvole!»

34.

«Per fortuna è una bella giornata», pensò Iole uscendo dal municipio e avviandosi verso la stazione: una bella giornata di dicembre, fredda, permeata da un sentore di ghiaccio, con l'aria limpida e priva di ogni odore, un sole bianco e lontano, il lago grigio come le montagne.

Iole passò una buona mezz'ora seduta sulle panchine esterne della stazione a rimirare quella natura silenziosa. Si levò solo quando il campanello degli arrivi annunciò il treno che, lentamente, sbucò dalla galleria e frenò con stridore.

Zia Ortensia quasi cadde dalla carrozza. Un ferroviere dietro di lei l'afferrò per il collo del cappotto appena in tempo per impedirle di rovinare sul marciapiede. Iole vedendola quasi non la riconobbe: zia Ortensia era pallida, magra, dava l'impressione di stare in piedi a fatica. Il ferroviere intervenne con discrezione: disse a Iole che la donna s'era sentita male tre volte nell'ultimo tratto di percorso.

«Mi ha talmente preoccupato», specificò, «che negli ultimi dieci chilometri non ho nemmeno controllato i biglietti per starle vicino.»

La cosa doveva essere grave a giudicare dalla faccia del ferroviere.

Iole annuì con serietà. Zia Ortensia sembrava non capire: sbatteva le palpebre, come se la luce del mezzogiorno fosse troppa per i suoi occhi.

«Le confesso», aggiunse il ferroviere a bassa voce, «che a un certo punto ho temuto che potesse morire in treno!

Non sarebbe la prima volta che capita una cosa del genere.»

Zia Ortensia udì le parole del ferroviere, fece le corna, deglutì e si rivolse all'uomo:

«Di che s'impiccia lei?» chiese sgarbatamente.

Il ferroviere fece la faccia dell'incompreso. Scosse la testa e guardò Iole.

«Scusate il disturbo!» disse offeso e risalì sul treno.

«Andiamo?» chiese zia Ortensia.

Il capostazione fischiò il segnale di partenza del treno. Iole era stordita.

«Dove?» chiese.

«Come dove?» si meravigliò la vecchina. «A casa!»

Iole la guardò. Sembrava aver ripreso colore. Le diede il braccio, cui zia Ortensia si appese pesantemente. Con esasperante lentezza uscirono dalla stazione e s'avviarono verso casa.

35.

Il giorno seguente, in ufficio, regnava un'atmosfera giuliva che Iride aveva abilmente costruito raccontando anche al messo Troilo della tresca di Iole: sicché ciascuno, quando Iole fece il suo ingresso, si mise a cercare quelli che giudicava i segni di una notte di fuoco. Iride trovò che la collega s'era data una quantità eccessiva di fondotinta, allo scopo evidente di nascondere l'innaturale pallore di una notte di follie. Il segretario fu più malizioso: notò che Iole stava seduta alla scrivania accavallando le gambe; di solito non lo faceva, appoggiava entrambi i piedi a terra: a suo giudizio quel gesto era pieno di una misteriosa delizia, significativa e rivelatrice. Troilo, secondo il suo carattere, fu sportivo: giudicò Iole completamente spompata e chiese a Iride come mai la collega non aveva chiesto un paio di giorni di ferie, a imitazione dei giocatori di calcio dopo una partita impegnativa.

Iole si avvide di essere al centro di un groviglio di sguardi ma era lontana dal comprenderne la ragione: piuttosto era inquieta, preoccupata per lo stato in cui aveva ritrovato zia Ortensia e per certi discorsi che la vecchina aveva cominciato a fare la sera avanti troncandoli solo perché, stanca per il viaggio, aveva voluto andare a dormire con la promessa di spiegarsi meglio quella sera.

La maliziosa indiscrezione dei colleghi e del segretario durò tutta la giornata e alla fine, mentre Iole partiva senza indugi verso casa, seguita dai sorrisetti di Iride, ci fu anche un breve scambio di pareri, cui sovrintese Restelli, che evitò di esprimersi ma registrò tutto per riferirne alla moglie Elide durante la cena.

Elide, però, non era dell'umore giusto per apprezzare il lato comico della vicenda, anzi. Giudicò volgare l'atteggiamento di Iride e Troilo, e assolutamente deprecabile quello del marito dal quale i dipendenti avrebbero dovuto avere un buon esempio e non lezioni di trivialità. Restelli tentò brevemente di rintuzzare la rabbia della moglie. Poi, vedendo ogni suo tentativo inutile, abbandonò la diplomazia e scese sullo stesso terreno: ne uscì una litigata che scosse i vetri della cucina di casa Restelli e che durò ben oltre le nove della sera, quando il segretario, lanciata l'ennesima imprecazione, andò a letto sbattendo la porta della camera. Si agitò tutta la notte, come ai tempi in cui la prostata lo tormentava e la mattina seguente si presentò in ufficio con una faccia tempestosa e una intatta riserva di rabbia che riuscì a sfogare sull'incolpevole messo comunale Troilo, approfittando di un banale incidente.

36.

Il quindici di ogni mese gli impiegati ricevevano una dotazione di cancelleria, tra cui una decina di fogli di carta carbone.

Il messo Troilo, che aveva il senso del risparmio, avanzava sempre tre o quattro di questi fogli, che regolarmente si portava a casa. Iride invece gualciva i suoi come se fosse un suo preciso dovere: arrivava a consumarne anche venti in trenta giorni e per avere altra carta carbone doveva fare regolare richiesta al segretario, motivandone la necessità.

Agli inizi di quel mese di dicembre Troilo aveva segnato un piccolo primato, consumando solo cinque fogli della sua dotazione. Anche Iride aveva toccato un vertice: aveva bruciato la scorta normale e anche quella straordinaria. Di richiedere altri fogli non se ne parlava: agì come le era capitato di fare in altre occasioni, attingendo alla riserva privata del messo.

Quella mattina salì in ufficio poco prima delle otto, ispezionò i cassetti di Troilo, trovò i fogli, prese quelli che le servivano.

Troilo, quando se ne accorse, non ebbe dubbi circa l'identità dell'autrice del furto. Gli mancava il coraggio di denunciarla direttamente al segretario e iniziò piuttosto a recitare un rosario di proteste con voce baritonale, un mugugno sordo e continuo, strozzato in gola, fastidioso: sembrava che nei locali del municipio fosse imprigionato un volo di mosconi.

Iride, che sapeva il motivo di quel sordo brontolio, si

studiò di non guardare il messo. Restelli, ancora buio in viso, alzò più volte gli occhi, indispettito, verso l'impiegato. Ma nonostante le occhiate del capufficio, Troilo non concesse pause. Allora il segretario si alzò in piedi, puntò i pugni sul tavolo e chiese duramente:

«Posso sapere che cosa succede?»

La domanda cadde nel vuoto. Troilo si zittì e incollò gli occhi alla scrivania.

«Parlo con lei», insisté il segretario, «o non ci sente più?»

Troilo fu costretto a guardare Restelli.

«Niente!» disse, facendosi piccolo.

«Allora», ordinò il segretario a denti stretti, «se non è successo niente cerchi di tenere per sé i suoi lamenti. Le garantisco che con quel suo vocione riesce a essere assordante!»

Ma successe il guaio: perché Restelli nell'impeto di quel rimprovero in cui scaricava anche la rabbia accumulata la sera prima, disse «assordante» spaccando la parola in due per via d'un colpo di tosse che lo assalì improvvisamente.

Così disse «Assor...» tossì un paio di volte, e poi «dante», con forza, quasi gridando, strozzato dalla tosse.

Quel «dante» vibrò nell'aria dell'ufficio, si materializzò quasi, fece eco.

A quel grido Iole reagì per prima: arrossì e chinò il viso. Iride la vide e rise francamente. Restelli, compreso l'equivoco, ancora in piedi e con i pugni piantati sulla scrivani, si rivolse a Iole.

«Mi scusi», disse, «non volevo.»

Rise infine anche Troilo, quand'ebbe capito.

Iole si sentiva persa: Dante non era più un segreto. Sollevò il viso chiazzato e guardò Iride che continuava a ridere.

«Non c'è niente da ridere», disse sottovoce. «È una cosa seria!»

37.

Zia Ortensia era ben sistemata in casa di Iole: aveva la sua stanza, godeva della più ampia libertà e verso sera, quando Iole tornava dall'ufficio, aveva quella compagnia che a Rapallo le mancava. I primi due giorni della sua permanenza a Bellano trascorsero senza che manifestasse il desiderio di uscire.

Iole, se prima paventava quel momento, dopo la scenetta in ufficio provocata involontariamente dal segretario, era terrorizzata all'idea che prima o poi zia Ortensia volesse prendere una boccata d'aria. Il problema si sarebbe presentato di lì a pochi giorni: la domenica zia Ortensia non avrebbe rinunciato alla messa, le avrebbe chiesto di accompagnarla e lei avrebbe dovuto mostrarsi in piazza con al braccio, anziché un bell'uomo, la tremolante e rinsecchita zia.

Nella mente di Iole era un turbinare di pensieri: doveva al più presto inventarsi una scusa per allontanare Dante, darne comunicazione in ufficio, mettersi al sicuro.

A quelle fantasie la strappò zia Ortensia, la sera del suo terzo giorno a Bellano, subito dopo la cena.

«Vorresti dedicarmi un'oretta, Iole?» chiese la vecchina.

Iole la guardò, senza parlare.

«Andiamo in salotto», propose la zia.

«Va bene», acconsentì Iole. Non le sfuggì il carattere ufficiale che zia Ortensia aveva dato a quella richiesta. Cosa poteva significare?

Il sospetto s'impadronì di Iole: zia Ortensia poteva in

qualche modo aver scoperto che l'aveva contrabbandata per un uomo bello, elegante, fidanzato con lei?

L'impiegata preparò un bicchierino di cognac Martell per la zia. Ne servì uno anche a sé stessa, per darsi coraggio. Zia Ortensia bevve d'un fiato il suo e prima di cominciare a parlare ne chiese un altro.

«Vedi Iole», disse poi, «tu sai che ho sempre avuto una certa predilezione per te. Senza aver niente contro gli altri parenti tu, forse proprio perché non sei una mia parente, sei sempre stata la mia preferita.»

Zia Ortensia era partita per la tangente: parlò per dieci minuti dicendo più o meno le stesse cose. Iole si rilassò: non sembrava un prologo minaccioso, smise di ascoltarla, divagò, pensò naturalmente a Dante.

Quando zia Ortensia giunse al dunque e le comunicò la ragione di quel colloquio tanto ufficiale Iole non fu certa di aver compreso bene. Incredula chiese:

«Cos'hai detto?»

Zia Ortensia evidentemente s'era preparata ad affrontare una reazione di quel genere. Non si scompose, anzi, si alzò, tornò a riempirsi il bicchierino di cognac, diede una prima sorsata e poi posò su Iole uno sguardo pieno di dolcezza.

«Non sono matta», disse, «purtroppo so benissimo quello che dico. Lo so più o meno da circa un anno. Me l'hanno confermato anche a Genova, in ospedale. Mi ci vedevi cara Iole morire da sola in quella casa? Ho dovuto farlo, scegliere un parente o un'amica presso cui morire. Ho scelto te perché sei la più simpatica. E naturalmente ho disposto le cose in modo che questo... diciamo questo incomodo ti venga adeguatamente compensato: la casa di Rapallo sarà tua.»

Il resto del cognac finì nella gola di zia Ortensia.

«Ecco», mormorò, «adesso posso proprio dire di essermi tolta un bel peso dallo stomaco!»

Iole era ammutolita. Le sembrava inaudito ciò che la

zia le aveva appena raccontato. Uno scherzo, una fantasia: forse la zia aveva bevuto troppo cognac. Quando Iole si riscosse dallo stupore zia Ortensia s'era già ritirata nella sua camera.

Iole dormì poco e male. Un Dante mostruoso percorse due brevi sogni: sembrava un uomo in fuga, molto brutto e con la barba lunga. Quando Dante, nel sogno, riusciva a nascondersi, Iole si svegliava, sudata, col pensiero di zia Ortensia e di ciò che le aveva detto qualche ora prima. Poteva essere uno scherzo? Non era improbabile: zia Ortensia somigliava tanto a quelle arzille vecchiette di certe commedie americane, prive di preoccupazioni, forse un po' svanite, stravaganti al punto da scherzare anche con le cose più serie. Ben oltre la mezzanotte Iole decise il destino di Dante: partito per un lavoro all'estero, sarebbe stato lontano un bel pezzo. La decisione la confortò, si rilassò ma non al punto di riuscire a prender sonno. Partito Dante, infatti, restava zia Ortensia, in carne e ossa.

Iole dormicchiò dalle quattro alle sette e alle sette l'implacabile sveglia suonò. Si alzò con fatica: aveva gli occhi pesanti, inciampò contro il tavolino del telefono in corridoio. Preparò il caffè. Si lavò la faccia, quindi andò a dare un'occhiata alla zia. Entrò nella sua camera da letto attenta a non fare rumore: zia Ortensia, senza dare alcun disturbo, se n'era andata. Sul suo viso c'era il sorriso soddisfatto di chi sa d'aver fatto tutte le cose per bene.

Per lunghi minuti Iole contemplò il corpo della donna. Il sorriso rendeva infantile il suo volto. Nella camera c'era un profondo silenzio, nell'aria il profumo antico dell'eau de toilette che la donna usava.

Nulla era fuori posto: prima di andarsene zia Ortensia aveva fatto ordine.

Iole non pianse. Si riscosse verso le otto e mezza, senza sapere quello che doveva fare. Abbandonò la stanza. Si vestì senza guardarsi allo specchio e corse verso l'ufficio.

38.

Il primo sguardo di Iole, entrando in ufficio, fu per il viso del segretario che era scuro, scurissimo. L'impiegata tentò di avviarsi verso la scrivania ma Restelli non le diede il tempo di sedere.

«Signorina», disse freddamente, «debbo parlarle!»

Iole arrossì. Troilo, alle sue spalle, faceva gesti osceni rivolto a Iride.

«Venga con me nella sala del consiglio», aggiunse Restelli.

Iole si avviò a capo chino verso la sala: si sentiva vuota e capiva che non avrebbe retto molto senza piangere. Il segretario tossicchiò e la seguì. Entrò nella sala del consiglio e si chiuse la porta alle spalle. Iole era al centro della sala, s'appoggiò al tavolo dei consiglieri.

«Ogni pazienza ha un limite», esordì il segretario.

Iole non fece una mossa, non disse niente, gli occhi fissi sul pavimento.

«Questi ritardi», proseguì Restelli, «sono inammissibili. E credo», aggiunse con una punta di malizia, «non pienamente giustificabili!»

Iole non diede segni di reazione. Restelli avrebbe desiderato che l'impiegata dicesse qualcosa: quel silenzio aveva il sapore del menefreghismo.

«Lei riceve uno stipendio pagato col denaro pubblico, non posso permettere che le sue faccende private, benché piacevoli...»

Iole era sul punto di cedere: nella sua mente sfrecciò il viso soddisfatto con cui zia Ortensia aveva lasciato la vita.

Crollò. Dapprima singhiozzando in silenzio poi abbandonandosi a un pianto sempre più forte e convulso. Il segretario Restelli sbiancò in viso: non si sarebbe mai aspettato una reazione così violenta.

«Io non volevo...» balbettò.

Corse verso l'impiegata, cercò di consolarla. Si sforzò di calmarla: gli ci volle un bel quarto d'ora. Quando la crisi di pianto passò il viso di Iole era gonfio.

«Signorina, io non volevo essere indiscreto né offensivo», riprese a dire Restelli, «tuttavia questi ritardi! Insomma chiudiamo l'incidente e non parliamone più!»

Iole guardò il segretario con due occhi arrossati.

«No!» disse.

«Come no?» chiese Restelli.

«Non si può chiudere l'incidente!»

«Ma...»

«Mi ascolti, per favore.»

Il segretario acconsentì. Si sedette e porse una sedia anche a Iole. L'impiegata parlò con lucidità. In un quarto d'ora Restelli venne messo al corrente di tutto quello che era successo negli ultimi mesi: l'equivoco di Dante e le sue conseguenze, le allusioni di Iride, i suoi sogni privati, la zia Ortensia e la sua fine.

«Cosa devo fare ora?» chiese infine Iole riprendendo a piangere.

«Be'», borbottò Restelli, «mi sembra tutto abbastanza semplice...»

Iole lo guardò coprendosi il naso col fazzoletto.

«Né Iride né Troilo devono sapere che mi sono inventata tutto», disse con angoscia.

Il segretario rifletté.

«Prima di tutto bisogna pensare al funerale», disse, «per il resto vedremo quello che si può fare!»

39.

Sabato 16 dicembre, nelle primissime ore del pomeriggio, mentre in cielo faticava un sole che aveva il colore del ghiaccio, si svolsero i funerali di zia Ortensia. Fu una cerimonia riservata a pochissimi: vi parteciparono il segretario Restelli, che aveva aiutato Iole nel preparare le esequie, e Iride, senza marito. Troilo fece solo una breve apparizionc in chiesa poi svanì.

Iole aveva un viso pallido e scavato. Aveva trascorso gli ultimi due giorni chiusa in casa, vegliando le spoglie di zia Ortensia, quasi sempre sola. Solo il dottor Novara, su richiesta del segretario, le aveva fatto visita prescrivendo gocce che Iole non aveva assunto. Non aveva toccato cibo, né aveva dormito. Andò al funerale con un paio di occhialoni neri, dietro i quali avrebbe voluto scomparire.

Iride non seppe farsi una ragione di tutto quel dolore: dietro il feretro dava il braccio a Iole. Senza quell'appoggio la collega sembrava incapace di reggersi in piedi. Iride cercò di indagare su quella zia la cui morte costava a Iole tante lacrime. Fece domande sia in chiesa sia durante il tragitto verso il cimitero. Iole finse di non sentire. Dentro di lei pesava qualcosa: si sentiva colpevole verso zia Ortensia, l'averla contrabbandata per Dante era stata una specie di imbroglio, come se agendo così, le avesse tolto quegli ultimi giorni di vita. Iride si rese conto che Iole non era in vena di chiacchiere. Tacque quando entrarono nel cimitero e Iole trovò finalmente un po' di pace.

Sotto gli occhi di Iole, di Iride e del segretario Restelli, la bara di zia Ortensia scese nella terra. La lenta discesa della cassa ebbe un potere ipnotico sulla Vergara: sentì la tensione sciogliersi, una benefica stanchezza diffondersi in tutto il corpo. Spontaneamente sorse in lei un pensiero: anche Dante fra un po' avrebbe fatto quella fine.

Dopo quella riflessione il suo respiro si liberò come da un paio di giorni non riusciva.

«Va un po' meglio?» chiese Iride.

Iole annuì. Il segretario Restelli si avvicinò per congedarsi.

«Mi raccomando signorina, non si perda d'animo! Riposi ancora qualche giorno prima di ritornare in ufficio.»

Iole ringraziò e s'avviò per uscire dal cimitero sempre appesa al braccio di Iride la quale, appena fuori del cancello, si fermò.

«È stato gentile il segretario», disse. «Ho saputo che ti ha dato una mano per il funerale e tutto il resto.»

Iole sorrise debolmente.

«Non ce l'avrei fatta da sola.»

Un sorrisetto malizioso storpiò il viso di Iride.

«Te lo devo dire», disse eccitata. «Sai cosa mi ha detto il ragionier Restelli?»

Iole fece no con la testa.

«Che ha conosciuto il tuo Dante, a casa, l'altra mattina, poco prima che partisse!»

Iole aveva gli occhialoni in mano, se li mise prontamente. I digiuni dei giorni trascorsi le impedirono di arrossire. Non parlò.

«Ma vi sposerete mai?» insisté Iride.

Iole guardò verso il cielo: Venere cominciava a brillare. Rispose a Iride con un vago gesto della mano.

«Dimmi quando...» la esortò ancora Iride.

Andrea Vitali

OLIVE COMPRESE

Dal catalogo

Garzanti

Andrea Vitali

ZIA ANTONIA SAPEVA DI MENTA

«Aglio, cipolle, rape, ravanelli e porri sono verdure indigeste che non diamo mai agli ospiti della casa!» Suor Speranza ne è sicura: nel minestrone che ha distribuito ai pazienti della Casa di Riposo di Bellano l'aglio non l'ha fatto mettere di sicuro. Allora come mai Ernesto Cervicati, entrando nella stanza di zia Antonia, ha sentito quell'odore, invece dell'aroma in confondibile e fresco della menta? Ernesto conosce bene il rassicurante profumo delle mentine di cui è golosa la sua anziana parente. Certo meglio di suo fratello Antonio, che della zia non ha mai voluto saperne: gli interessava molto di più Augusta Peretti, una trentacinquenne ossigenata e vogliosa. Quel sorprendente odore d'aglio è un piccolo enigma. Forse è l'indizio di qualcosa di più grave. A indagare, oltre a Ernesto e all'energica suor Speranza, si ritrova anche il dottor Fastelli, medico dal carattere gioviale ma di grande sensibilità.

Andrea Vitali

GALEOTTO FU IL COLLIER

Lidio Cerevelli è figlio unico di madre vedova. Un bravo ragazzo, finché alla festa organizzata al Circolo della Vela non arriva Helga: bella, disinibita e abbastanza ubriaca. Prima che finisca la cena, sono in riva al lago: una notte indimenticabile. Lirica, la severa madre di Lidio, abile e ricca imprenditrice dell'edilizia, ha vedute molto diverse. Suo figlio deve trovare una moglie «made in Italy», una ragazza come si deve. Ma forse Lidio ha trovato il modo per uscire dalla trappola e realizzare tutti i suoi sogni: durante un sopralluogo per un lavoro di ristrutturazione, in un muro maestro scova un gruzzolo di monete d'oro, nascosto chissà da chi e chissà quando. Sono l'assicurazione per un futuro radioso o l'inizio di un mare di guai?

Andrea Vitali

UN BEL SOGNO D'AMORE

Bellano, febbraio 1973: gira voce che presso il cinema della Casa del Popolo verrà proiettato *Ultimo tango a Parigi*. In paese si scatena una guerra senza frontiere tra gli impazienti che fantasticano sulle vertiginose scene di nudo che ci si aspetta di vedere sullo schermo e coloro che pretendono di evitare una simile depravazione, e snocciolano rosari a raffica. I tempi però sono cambiati e nulla può fermare il «progresso», né intralciare gli affari di Idolo Geppi, gestore del cinema, che ha già provveduto a maggiorare i prezzi dei biglietti. Anche Adelaide, giovane e volitiva operaia del cotonificio, vuole approfittare dell'occasione. Mette con le spalle al muro Alfredo, il fidanzato eternamente indeciso: o la porterà al cinema o lei ci andrà lo stesso, magari con Ernesto, che le ha già messo gli occhi addosso e che a lei non dispiace neanche un po', per quanto sia una testa matta e finirà presto per mettersi nei guai.

Andrea Vitali

QUATTRO SBERLE BENEDETTE

In quel fine ottobre del 1929, a Bellano non succede nulla di che. Ma se potessero, tra le contrade volerebbero sberle, eccome. Se le sventolerebbero a vicenda il brigadiere Efisio Mannu, sardo, e l'appuntato Misfatti, siciliano, che non si possono sopportare e studiano notte e giorno il modo di rovinarsi la vita l'un l'altro. E forse c'è chi, pur col dovuto rispetto, ne mollerebbe almeno una al giovane don Sisto Secchia, il malmostoso coadiutore del parroco arrivato in paese l'anno prima e che sembra un pesce di mare aperto costretto a boccheggiare nell'acqua chiusa e insipida del lago. E poi ci sono sberle più metaforiche, ma non meno sonore, che arrivano in caserma nero su bianco. Sono quelle che qualcuno ha deciso di mettere in rima e spedire in forma anonima ai carabinieri, forse per spingerli a indagare sul fatto che a frequentare ragazze di facili costumi, in quel di Lecco, è persona che a rigore non dovrebbe. D'accordo, ma quale sarebbe il reato? E chi è l'anonimo autore delle missive? Ma, soprattutto, con chi ce l'ha?

Andrea Vitali

BIGLIETTO, SIGNORINA

Alla stazione ferroviaria di Varenna c'è trambusto. È stata beccata una passeggera senza biglietto. E senza un quattrino per pagare la multa. Ma non parla bene l'italiano, e capire cosa vuole è un bel busillis. Ora il capostazione si trova lì, nel suo ufficetto, con davanti Marta Bisovich. Bella, scura di carnagione, capelli corvini, dentatura perfetta, origini forse triestine, esotica e selvatica da togliere il fiato. Siamo nel giugno del 1949, e sul lago di Como, in quel di Bellano, tira un'aria effervescente di novità. Ci sono in ballo le elezioni del nuovo sindaco, e le varie fazioni si stanno organizzando per la sfida nelle urne. Su tutte, la Dc, fresca dei clamorosi successi alle politiche del '48, attraversata ora da lotte intestine orchestrate dall'attuale vicesindaco Amedeo Torelli, che aspira alla massima carica. La bella e conturbante Marta, invece, ha altre aspirazioni. Le basterebbe trovare un posto dove vivere, e questo è il motivo per cui ha deciso di puntare le sue ultime chance sulla ruota di Bellano, dove certe conoscenze non sono nelle condizioni di negarle un aiuto.

Andrea Vitali

LA VERITÀ DELLA SUORA STORTA

Sisto Santo ha la manualità e la fantasia giuste del meccanico di rango. Da ragazzo ha riparato perfino una Peugeot 403 senza fare una piega, lasciando a bocca aperta il Scatòn, il suo capo officina, che i diesel manco li conosceva. Però adesso fa il tassista. Si è comprato un Millenove e aspetta i clienti alla stazione ferroviaria di Bellano. Pochi. Arrivano da Sondrio o da Lecco e Milano, e vanno in visita all'ospedale o su al cimitero. Oggi gli è capitato un fattaccio. Una donna arrivata dopopranzo, poco prima che dalla radiolina che tiene in macchina partisse la sigla di Tutto il calcio minuto per minuto. Non che fosse importante: ultima giornata; campionato 1970 già bell'e andato al Cagliari, però... Gli ha chiesto di essere portata al cimitero, che non sa nemmeno dov'è. Ma poi, arrivati là, il Sisto si è accorto che la donna era morta. Proprio lì, sul sedile posteriore del Millenove, macchiandolo pure di urina. Un guaio mica da ridere. Da tirare in ballo il maresciallo Riversi. Anche perché la donna è senza borsetta e non si riesce a capire chi sia, né chi stesse cercando al cimitero di Bellano in quel pomeriggio di fine aprile.

Dal catalogo
Garzanti

Andrea Vitali

LE MELE DI KAFKA

Abramo Ferrascini, quello della ferramenta di Bellano, è un giocatore di bocce imbattibile. È stato tirato su a puntino dal gestore del Circolo dei Lavoratori, Mario Stimolo, e ora ha tutte le carte in regola per vincere le semifinali del Campionato provinciale in programma a Cermenate domenica prossima. Ma c'è un intoppo. Suo cognato, l'Eraldo, quello che vive a Lucerna, sta male. Quarantotto ore gli hanno dato i medici di là, svizzeri, precisi. E adesso la moglie di Abramo, Rosalba, vuole a tutti i costi raggiungere la sorella, ma soprattutto dare all'Eraldo un ultimo saluto, magari un ultimo bacio. Ma ce la faranno ad andare e a tornare in tempo per le semifinali? Dipende. Se l'Eraldo muore entro martedì, mercoledì al massimo, si può fare. Bon, via allora. Un'occhiata al 1100, olio freni gomme; carta d'identità rinnovata all'ultimo minuto; prima tappa il passo del San Bernardino, poi giù dritti fino a Lucerna: basta seguire i cartelli, anche se sono in tedesco, perché il nome di quella città lì si capisce lo stesso.

Andrea Vitali

VIVA PIÙ CHE MAI

Dubbio è il soprannome che hanno dato a Ernesto Livera, e si addice bene alla sua indole un po' tentennante. Di solito, infatti, l'Ernesto si lascia prendere dall'indecisione. Una certezza, però, l'ha molto chiara: dai carabinieri è meglio stare alla larga. Perché di «mestiere» fa il contrabbandiere. Avrebbe fatto altro nella vita, ma tant'è, ora campa traghettando stecche di sigarette dalla Svizzera, magari di notte, con una barchetta a motore, bep-bep-bep. E proprio stanotte, con la prua della barchetta, ha urtato il cadavere di una donna. L'ha tirato a riva, poi è andato a chiamare un suo cliente fidato, il medico di Bellano, il dottor Lonati, perché, ap punto, lui dai carabinieri preferisce non presentarsi. Ma il mattino dopo, alla riva, il cadavere non si trova più. Eppure Ernesto l'ha visto bene, anche se adesso gli sorge il... dubbio di esserselo sognato. E il dottor Lonati lo sa che Ernesto soffre di questo tipo di allucinazioni fin da quando era un ragazzino. Forse dovrebbe cercarsi un lavoro più regolare. E magari una fidanzata. Il lago però non mente; nasconde segreti inconfessabili, e quando decide che è il momento di rivelarli, non ci sono dubbi che tengano.

Andrea Vitali

A CANTARE FU IL CANE

La quiete della notte tra il 16 e il 17 luglio 1937 viene turbata a Bellano da un grido di donna. Trattasi di Emerita Diachini in Panicarli, che urla «Al ladro! Al ladro!» perché ha visto un'ombra sospetta muoversi tra i muri di via Manzoni. E in effetti un balordo viene poi rocambolescamente acciuffato dalla guardia notturna Romeo Giudici. È Serafino Caiazzi, noto alle cronache del paese per altri piccoli reati finiti in niente soprattutto per le sue incapacità criminali. Chiaro che il ladro è lui, chi altri? Ma al maresciallo Maccadò servono prove, mica bastano le voci di contrada e la fama scalcinata del presunto reo. Ergo, scattano le indagini. Prima cosa, interrogare l'Emerita. Già, una parola, perché la donna spesso non risponde al suono del campanello di casa, mentre invece è molto attivo il suo cane, un bastardino ringhioso e aggressivo che si attacca ai polpacci di qualunque estraneo. E il Maccadò, dei cani, ha una fifa barbina.

Finito di stampare nel mese di maggio 2017
da Grafica Veneta s.p.a., Trebaseleghe (PD)